古典詩歌研究彙刊

第十二輯

龔鵬程 主編

第 3 冊

中唐山水詩研究（上）

謝 明 輝 著

國家圖書館出版品預行編目資料

中唐山水詩研究（上）／謝明輝 著 — 初版 — 新北市：花木
蘭文化出版社，2012〔民 101〕
序 2+ 目 4+146 面：17×24 公分
（古典詩歌研究彙刊 第十二輯：第 3 冊）
ISBN　978-986-254-899-8（精裝）
1. 山水詩　2. 唐詩　3. 詩評
820.91　　　　　　　　　　　　　　　　101014403

ISBN-978-986-254-899-8

9 789862 548998

古典詩歌研究彙刊
第十二輯　第 三 冊　　　　　ISBN：978-986-254-899-8

中唐山水詩研究（上）

作　　　者　謝明輝
主　　　編　龔鵬程
總 編 輯　杜潔祥
出　　　版　花木蘭文化出版社
發 行 所　花木蘭文化出版社
發 行 人　高小娟
聯絡地址　新北市永和區中正路五九五號七樓
　　　　　電話：02-2923-1455／傳眞：02-2923-1452
網　　　址　http://www.huamulan.tw 信箱 sut81518@gmail.com
印　　　刷　普羅文化出版廣告事業
初　　　版　2012 年 9 月
定　　　價　第十二輯 24 冊（精裝）新台幣 33,600 元

中唐山水詩研究(上)

謝明輝 著

作者簡介

謝明輝，國立中山大學文學博士。現任中山大學中文系、台南大學、台南應用科大等校兼任助理教授，曾任長榮大學、高雄海洋科大、東方設計學院等校兼任講師。曾獲 100 年台南市社會優秀青年獎、中山大學教學優良課程獎及專書獲教育部推薦為好書書單之榮譽。著有《中唐山水詩研究》《國學與現代生活》《王建詩歌研究》《小明教授奮鬥日記——從軍生活》《文學博士踹共大學的生命體驗》《應用華語文：以字典取名學為例》《中文經典 100 句——古詩源》（合著）《大學國文選》（合編）等書，及〈姓名學與儒家精神〉等十餘篇學術論文。

提　　要

　　本論文共有八章，除去前後「緒論」及「結論」兩章，主體研究則有六章。第二章先正本清源，採用史學方法，以宏觀角度論述中唐山水詩之源頭，自詩經、楚辭及漢賦談起，中經謝靈運為首位大量創作山水詩的詩人，直到初盛唐王績、王、孟、李、杜等五大詩人之山水詩研析。自第三章起，則以針對中唐時期之特殊文學現象深入剖析，採用傳統知人論世和以意逆志的方法，探索中唐時期山水詩從何產生之基本問題，三個章節針對詩人作官之升調貶謫及無官詩僧，兩個章節針對作品之體式及創作藝術，以詩人之政治仕履經歷為貫串全論文之核心觀點，如同串連顆顆珍珠的絲線，思索詩人作官經歷與中唐山水詩兩者之間之關聯。

　　各章具體成果簡述如後：「緒論之章」主要貢獻有二點，第一是製表分析山水詩研究中對中唐這一時期之研究情形，發現有不足之處。第二，在理清「山水詩」一詞之來源後，我對其進行較為周全的定義。「中唐山水詩探源之章」提供讀者對山水詩自詩經至盛唐這一漫長之歷史跨代之源流發展過程有一系統性之理解。「中唐詩人遊宦與山水詩創作之章」討論四個問題，第一是文人集團的山水詩聯句，第二是江浙地區地方官的山水詩，第三是別業和寺觀山水詩，第四是韋應物仕宦生涯與山水詩創作的關係。「中唐詩人貶謫與山水詩創作之章」討論三個問題，其一是分析中唐詩人被貶原因，再者是論述他們踏上貶途所寫的山水詩，最後是析研貶居生活所寫的山水詩。「中唐詩僧之山水詩之章」探研皎然《詩式》及其山水詩之間的關聯，其次是賈島的送僧山水詩，最後是詩僧的修行山水詩。「中唐詩人在山水詩體式上之貢獻之章」從組詩、五古長篇的千字山水詩、樂府民歌等三個角度切入剖析，強調中唐山水詩在體式上的貢獻。「中唐詩人之山水詩創作藝術—個案分析之章」從情景關係、對仗和詞句以及篇章佈局等方面研析中唐詩人的山水詩藝術技巧，分析過程中，不是以簡單的修辭技巧作探討，而是結合詩人生平遭遇之特殊性來論述。

自　序

　　而立之年以來，執教大學，不覺將近十年矣！學術之路，幸有二師提攜，遂入佳境。登堂碩士，建崑嚴謹指導，王建論成，而博士入室，蒙錦松提點中唐，山水詩竟。余素自發學問，深思天文地理，尤好文學，而入中文學系之門，親炙建崑錦松，習其詩才，可謂人生幸事！今積八年半學，成二專書，練就學術之功，而欲攀另峰，不假他人，則靠己力應足矣！王建詩歌研究，問世開通，而中唐山水詩研究，即將付梓，二書皆數易其稿，其能出版，而玉成此事，功在花木蘭出版社也。

　　博士業成，二年之內，求職資料成箱，魚雁往返數十大學，箱箱心血，竟如過客。某校回函高標，或云：「……咸認才學卓著、華實並茂。惜以名額有限，……」；或曰：「……台端學養精湛，著作豐實，洵可欽敬。然因本校核定之名額有限……」；或述：「未克借用 台端之專長，若有遺珠之憾，情非得已……」；或言：「台端學養宏富，惟名額有限……」寥寥數語，利箭刺心穿骨，血濺射天，淚灑台灣高教。

　　夫學術乃社稷之福，不侷學界，而在通達社會人心，不囿一思，而應無念補助經費。視今人性作怪，心智蒙昧，排名虛偽，人慾操作，何不反省舊制，重定規範，凡著作益乎大眾，論文應用生活者，乃客觀之法，而依此選才，則不公之譏無形矣！

　　余自博三，兼任三校，每週時數，少則二十，多則二五，台南高雄，奔波勞軀。但念恩師之教，學生之期，出版論文十餘篇，書籍六本，教學研究之能皆具，雖獲社會優秀青年之獎，復得中山優良課程之譽，加以拙著躋教部之推薦書單，然未見主事者肯定，給予施才之位，實有良玉棄野之嘆！今當斂其戾氣，再思奮進，不因暫敗，而忘其報國修己之初衷，以貽後輩求學之典範也。

　　言歸正傳，本書價值，可錄者三：其一，史學觀點，呈現中唐山水詩之特點，相異魏晉，開啓宋代。其二，藝術文本觀點，美學加以詩人生平，深入解讀山水詩。其三，文獻分析觀點，拈出貶謫與山水詩之關係。全書有六專題，架構清晰，論理有條，舉證妥切，篇幅23萬多字，二倍於王建詩。

　　值此書將版之際，聊記近日心情，無論喜悲，都付未來笑談！若論文以及專書，醞釀而能久味，回甘寰宇眾民，則人生無憾焉。

　　　　　　　　　　　　　　謝明輝記於歸仁寓所 2012/2/8

上 冊

自 序

第一章 緒 論 ⋯⋯⋯⋯⋯⋯⋯⋯⋯⋯⋯⋯⋯ 1

　第一節 選題緣由及相關研究現況說明 ⋯ 1

　第二節 研究思路及研究方法 ⋯⋯⋯⋯ 16

　第三節 研究價值及前瞻 ⋯⋯⋯⋯⋯⋯ 20

　第四節 山水詩界定 ⋯⋯⋯⋯⋯⋯⋯⋯ 24

第二章 中唐山水詩探源 ⋯⋯⋯⋯⋯⋯⋯ 35

　第一節 先秦兩漢之山水詩萌芽 ⋯⋯⋯ 36

　　一、《詩經》中的山水呈現 ⋯⋯⋯⋯ 36

　　二、《楚辭》中的山水呈現 ⋯⋯⋯⋯ 42

　　三、漢賦中的山水呈現 ⋯⋯⋯⋯⋯⋯ 49

　第二節 魏晉南朝之山水詩產生 ⋯⋯⋯ 59

　　一、魏晉時期之山水觀 ⋯⋯⋯⋯⋯⋯ 60

　　二、南朝山水詩的四種類型 ⋯⋯⋯⋯ 67

　第三節 唐前期之山水詩 ⋯⋯⋯⋯⋯⋯ 76

　　一、王績之山水詩——仿陶 ⋯⋯⋯⋯ 77

　　二、孟浩然之山水詩——沿陶 ⋯⋯⋯ 79

　　三、李白之山水詩——對二謝之接受 ⋯ 82

　　四、王維之山水詩——開中唐五絕體式 ⋯ 86

　　五、杜甫的山水詩——聯繫中唐韓孟 ⋯ 91

　第四節 本章小結 ⋯⋯⋯⋯⋯⋯⋯⋯⋯ 98

第三章 中唐詩人遊宦與山水詩創作 ⋯⋯ 99

　第一節 大曆時期浙東和湖州文人集團之山水
　　　　　詩聯句 ⋯⋯⋯⋯⋯⋯⋯⋯⋯⋯ 100

　　一、鮑防和顏真卿先後任職於浙東和湖州 100

　　二、文士宴集與山水詩聯句的創作 ⋯ 103

　第二節 江浙地方官之山水詩創作 ⋯⋯ 112

　第三節 別業和寺觀山水詩——文士遊宦時的
　　　　　暫時精神家園 ⋯⋯⋯⋯⋯⋯ 123

　　一、別業山水詩 ⋯⋯⋯⋯⋯⋯⋯⋯ 124

　　二、寺觀山水詩 ⋯⋯⋯⋯⋯⋯⋯⋯ 129

目

次

第四節　韋應物仕宦經歷及其山水詩 …………… 134

一、詩話中的韋應物 ………………………… 134

二、韋應物在京洛地區任職 ………………… 137

三、韋應物在地方任職刺史──滁州、江州
和蘇州 …………………………………… 141

第五節　本章小結 ………………………………… 145

下　冊

第四章　中唐詩人貶謫與山水詩創作 …………… 147

第一節　中唐詩人貶官之因分析 ………………… 149

第二節　中唐詩人赴貶地途中之心境及山水呈
現 …………………………………………… 163

第三節　中唐詩人在貶地生活之山水風光 ……… 177

一、長江上游之貶地──忠州、通州、遂州
長江縣（蜀，今四川省）……………… 178

二、長江中游之貶地──朗州、江陵 …… 180

三、長江下游之貶地──洪州、睦州、江州 184

四、嶺南之貶地──永州、柳州、連州陽山、
潮州、連州 ……………………………… 192

第四節　本章小結 ………………………………… 202

第五章　中唐詩僧之山水詩 ……………………… 205

第一節　皎然《詩式》及其山水詩創作 ………… 206

第二節　賈島之送僧山水詩 ……………………… 217

第三節　中唐詩僧之修行山水詩──禪寺與
雲遊四海 ………………………………… 221

一、禪寺修行 ………………………………… 222

二、雲遊四海 ………………………………… 225

第四節　本章小結 ………………………………… 228

第六章　中唐詩人在山水詩體式上之貢獻 ……… 231

第一節　中唐詩人大量創作山水組詩 …………… 231

一、近承王維五絕體式之山水組詩 ……… 234

二、五古體式之山水組詩 ………………… 240

三、中唐山水組詩之其他體式（五言六句
和五律和七絕）………………………… 247

第二節　中唐詩人首創千字以上五古長篇山
　　　　水詩 ………………………………………… 251
　　一、韓愈之〈南山詩〉 ………………………… 251
　　二、白居易之〈遊悟眞寺〉 …………………… 258
　　三、劉禹錫之〈遊桃源一百韻〉 ……………… 264
第三節　中唐詩人創作樂府民歌之山水詩 …… 272
　　一、李賀之樂府體式山水詩 …………………… 272
　　二、劉禹錫之民歌體式山水詩 ………………… 275
第四節　本章小結 ………………………………… 279
第七章　中唐詩人之山水詩創作藝術 ……… 281
第一節　情景關係 ………………………………… 282
　　一、錢起佛寺之自然景使內心平靜 …………… 282
　　二、韋應物清澄之景呈現清閒之情 …………… 286
　　三、柳宗元峭險空荒之景下的孤憤之情 ……… 287
第二節　對仗和詞句 ……………………………… 289
　　一、劉長卿山水詩中「惆悵」和「一千」 …… 289
　　二、韋應物山水詩中之反襯技巧 ……………… 291
　　三、韓愈山水詩句法──散文化、句式奇
　　　　變及或字連用 …………………………… 293
　　四、孟郊山水詩中之對仗刻鏤及險語 ………… 296
　　五、賈島山水詩之煉句 ………………………… 300
第三節　篇章佈局 ………………………………… 303
　　一、韋應物山水詩中之末聯設計 ……………… 303
　　二、李賀鬼魅幻境之山水詩 …………………… 306
　　三、王建用五官佈局以及七絕全景式描寫 …… 309
　　四、賈島五律體描寫山水景物之動點和定
　　　　點佈局 …………………………………… 313
　　五、姚合山水詩之「雙重主謂結構」 ………… 317
第四節　本章小結 ………………………………… 321
第八章　結　論 …………………………………… 323
參考書目 …………………………………………… 331

第一章 緒 論

第一節 選題緣由及相關研究現況說明

一、選題緣由

　　謝靈運是中國山水詩的開創者，他總共寫了 56 首山水詩。[註1]
謝靈運在《遊名山志序》中說：「夫衣食，生之所資；山水，性之所
適。」說明熱愛自然山水是他的天性。之後謝朓承其餘緒，繼寫清麗
的山水詩。從南北朝到唐代，山水詩分別受二謝之影響，初唐有王績，
至盛唐形成山水田園詩派，主要代表則有王維、孟浩然、李白、杜甫，

〔註1〕 林文月統計南朝詩人謝靈運、鮑照、謝朓等山水詩所佔全集比例。
　　　茲羅列如下：
　　　謝靈運——現存詩：87 首（據黃節《謝康樂詩註》），山水詩：33 首，
　　　　　　　寓玄理之山水詩：23 首。
　　　鮑　照——現存詩：150 首（據黃節《鮑參軍詩註》），山水詩：24
　　　　　　　首，寓玄理之山水詩：10 首。
　　　謝　朓——現存詩：142 首（據郝立權《謝宣城詩註》），山水詩：34
　　　　　　　首，寓玄理之山水詩：11 首。
　　　林氏的統計企圖說明一項事實：在二謝相距的這一百年間，山水詩
　　　寫作的態度已逐漸冷卻下來，而山水詩之含有莊老哲理者更呈每況
　　　愈下之勢。正可以證明文學史上山水詩由盛極而衰的現象，以及「莊
　　　老」逐漸自「山水」告退的情形。以上所論，請見林文月：《山水與
　　　古典》（台北：純文學出版社，民國70年），頁61。

中唐則有劉長卿、白居易、韋應物、柳宗元等著名詩人，晚唐山水詩人有張祜及李群玉。

　　目前學界探討山水詩之專著中，就方法而言，仍以歷史的角度來看山水詩，故而討論歷代山水詩時，則排列幾位著名詩人，然後援引幾首山水詩，並對其內容和藝術技巧作一分析，我在下部分的研究現況有詳細說明。爲了超越這些山水詩研究成果，本論文除追溯山水詩來源是以歷史方法討論外，主體部分乃探議題的探究，思索詩人仕宦經歷與山水詩產生之關係，以及山水詩創作之體式和技巧研析，因此本論文尚有很大之發揮空間。

　　由於筆者碩論乃撰寫中唐時期的社會寫實詩人王建，其視野限定於某一詩人，而今則欲進一步將研討範圍擴大至整個中唐時期的詩人研究，〔註2〕加上山水自然詩的奠基者是筆者老祖宗謝靈運，遂將課題訂爲《中唐山水詩研究》。

二、相關研究現況說明

　　選定以《中唐山水詩研究》爲博士論文題目後，對於前人學者之研究成果尤須加以整理分析，以作進一步之補充及發揚。筆者分專書及學位論文等兩部分來論述歷來相關的研究成果。

　　（一）從一般專著來看

　　1、從山水詩史觀察，對中唐山水詩注意不夠

　　山水詩研究多從歷史發展之宏觀角度切入，大都是以歷史爲經，詩人爲緯之方式系統地論述山水詩之起源發展演變總結等過程。茲舉

〔註2〕據李文初等著《中國山水詩史》對中唐時期的敘述爲「中唐（763～824），從代宗大曆年初到穆宗長慶末年，從韋應物、劉長卿開端，十才子相繼，元和八詩人爲骨幹，組成了一支相當有規模的詩人隊伍。……從德宗登位到穆宗被弒（780～824），中唐社會一度有復興的趨勢。詩壇上出現了兩支風格不同的詩人隊伍：一支以白居易元稹李紳王建張籍爲代表，另一支包括韓愈孟郊賈島等人。（廣東省：廣東高等教育出版，1991年），頁74。

三部山水詩史爲例，考察其所論中唐山水詩部分以製表分析。

先舉陶文鵬、韋鳳娟主編《靈境詩心——中國古代山水詩史》（南京：鳳凰出版社，2004 年 4 月）如下表所示：

表 1　陶文鵬、韋鳳娟主編《靈境詩心——中國古代山水詩史》所列中唐山水詩人一覽表

詩人 ＼ 詩作	總數	詩 題 及 句 數	備註
劉長卿 未列基本資料	18首	〈入百丈澗見桃花晚開〉4 句〈奉陪蕭使君入鮑達洞尋靈山寺〉20 句〈陪元侍御游支石硎山寺〉16 句〈集梁耿開元寺所居院〉8 句〈尋南溪常山道人隱居〉8 句〈花石潭〉8 句〈橫龍波〉8 句〈偶然作〉2 句〈雨中過員稷巴陵山居贈別〉2 句〈陪王明府泛舟〉2 句〈晚次苦竹館卻憶千越舊游〉2 句〈贈西鄰盧少府〉2 句〈游休禪師雙峰寺〉2 句〈秋夜雨中諸公過靈光寺所居〉2 句〈登松江驛樓北望故園〉2 句〈宿北山禪寺蘭若〉2 句〈逢雪宿芙蓉山主人〉4 句	荒涼貧困陰冷
錢起 未列	4首	〈題玉山村叟屋壁〉2 句〈題蘇公林亭〉2 句〈裴迪南門秋夜對月〉2 句〈登勝果寺南樓雨中望嚴協律〉2 句	
司空曙 未列	1首	〈雲陽館與韓紳宿別〉2 句	
李端 未列	1首	〈送表稱游江南〉2 句	
韓愈 （768～842）	4首	〈合江亭〉4 句〈南山詩〉22 句〈游青龍寺贈崔大補闕〉10 句〈山石〉20 句	
孟郊 （751～814） 湖州武康 浙江德清縣	16首	〈登華岩寺樓望終南山贈林校書兄弟〉12 句〈遊終南山〉10 句〈遊終南龍池寺〉10 句〈遊華山雲台觀〉10 句〈越中山水〉20 句〈寒溪〉4 句〈石淙〉6 句〈游石龍渦〉14 句〈濟源春〉20 句〈與王二十一員外涯游枋口柳溪〉12 句〈旅次洛城東水亭〉8 句〈分水嶺別夜示從弟寂〉16 句〈崢嶸嶺〉8 句〈濟源寒食〉4 句〈終南山下作〉8 句〈過櫟陽山溪〉4 句	

李賀 未列	2首	〈南園〉五律一首〈南山田中行〉9句	
元稹 （779～831） 西京萬年縣 陝西西安	6首	〈遣春〉之二2句〈遣春〉之四2句〈表夏〉之一2句〈解秋〉之五2句〈遣春十首〉之二2句〈湘南登臨湘樓〉2句	
白居易 （772～846） 鄭州新鄭 河南新鄭縣	9首	〈遊悟眞寺詩〉〈登香爐峰頂〉20句〈草堂前新開一池養魚種荷日有幽趣〉12句〈錢塘湖春行〉8句〈杭州春望〉8句〈江樓遠眺景物鮮奇吟玩成篇寄水部張員外〉8句〈江樓夕望招客〉8句〈西湖晚歸〉4句	
韋應物 （737～792） 京兆長安 陝西西安	26首	〈對雨贈李主簿高秀才〉2句〈任鄠令渼陂游眺〉2句〈遊開元精舍〉2句〈春遊南亭〉2句〈晚出灃上贈崔都水〉2句〈始除尚書郎〉2句〈龍門遊眺〉16句〈月溪與幼遐君貺同遊〉4句〈登西南岡卜居遇雨尋竹浪至灃壖縈帶數里清流茂樹雲物可賞〉14句〈與幼遐君貺兄弟同遊白家竹潭〉12句〈游溪〉8句〈秋夕西齋與僧神靜遊〉14句〈秋夜寄丘二十二員外〉4句〈滁州西澗〉4句〈觀田家〉14句〈襄武館遊眺〉16句〈西郊遊矚〉2句〈再遊西郊渡〉2句〈送崔叔清遊越〉2句〈重送丘二十二還臨平山居〉2句〈西塞山〉2句〈始夏西園思舊里〉2句〈往雲門郊居途經迴流作〉12句〈自蒲塘驛迴駕經歷山水〉10句〈山行積雨歸途始霽〉14句〈懷琅琊深標二釋子〉4句	綠意山水，清遠淡雅
柳宗元 （773～819） 河東解 山西運城解州鎮	14首	〈法華寺石門精舍三十韻〉30句〈界圍岩水帘〉12句〈再至界圍岩水帘遂宿岩下〉18句〈嶺南江行〉8句〈柳州峒氓〉2句〈構法華寺西亭〉2句〈登柳州城樓寄漳汀封連四州〉8句〈遊南亭夜還敘志七十韻〉4句〈旦攜謝山人至愚池〉8句〈秋曉行南谷經荒村〉8句〈雨晴至江渡〉4句〈遊石角過小嶺至長烏村〉6句〈江雪〉4句〈漁翁〉6句	謝靈運風格的影響

張籍 （766～？） 蘇州	16 首	〈岳州晚景〉8 句〈水〉8 句〈和李僕射雨中寄盧嚴二給事〉8 句〈宿臨江驛〉2 句〈雪溪西亭晚望〉2 句〈舟行寄李湖州〉2 句〈和盧部令狐尙書喜裴司空見看雪〉2 句〈不食仙姑山房〉2 句〈宿江店〉8 句〈夜宿黑灶溪〉8 句〈送朱慶餘及第歸越〉4 句〈蠻州〉4 句〈贈項斯〉8 句〈過賈島野居〉2 句〈題李山人幽居〉4 句〈贈太常王建藤杖笻鞋〉2 句	
劉禹錫 （772～842） 洛陽	13 首	〈洛中早春贈樂天〉14 句〈客有爲余話登天壇遇雨之狀因以賦之〉28 句〈秋江早發〉4 句〈途中早發〉8 句馬踏首〈途中早發〉8 句中庭首〈望洞庭〉4 句〈晚泊牛渚〉8 句〈終南秋雪〉8 句〈題招隱寺〉8 句〈自江陵沿流道中〉8 句〈竹枝詞九首〉之八 4 句〈浪淘沙詞九首〉之一 4 句〈浪淘沙詞九首〉之七 4 句	明淨氣色，仿民間歌調
賈島 （779～843） 河北范陽 北京市附近	14 首	〈暮過山村〉8 句〈雪晴晚望〉8 句〈江亭晚望〉2 句〈秋夜仰懷錢孟二公琴客會〉2 句〈訪李甘原居〉2 句〈寄胡遇〉2 句〈題劉華書齋〉2 句〈送韓湘〉2 句〈寄龍池寺貞空二上人〉2 句〈寄朱錫珪〉2 句〈晚晴見終南諸峰〉8 句〈宿池上〉2 句〈寄董武〉2 句〈謝令狐相公賜衣九事〉2 句	清瘦瘦硬瘦峭苦寒
姚合 （779？～846？） 吳興 浙江湖州	5 首	〈夏夜宿江驛〉8 句〈晚秋江次〉8 句〈題金州西園九首・石庭〉6 句〈和李舍人秋日臥疾言懷〉2 句〈題山寺〉4 句	清淡

　　上表分析得知，《靈境詩心——中國古代山水詩史》所列中唐詩人的山水詩中，至多僅討論 26 首，如韋應物，少則 1 首，如李端，在數量上，仍失之全面性之考察。

　　再舉李文初等《中國山水詩史》（廣東省：廣東高等教育出版，1991）爲例，該書分四編探究山水詩的發展過程，其中第三編山水詩的昌盛，主要談的則是唐代山水詩，共分十三章，第八至十一章的內容則針對中唐時期的山水詩作一討論，列了劉長卿、韋應物等大歷詩

人以及韓愈、孟郊、賈島、白居易、元稹、柳宗元、劉禹錫、寒山等詩人以作分析，然而所舉的詩例太少，無法全面反映中唐時期之山水詩。如以下分析表所示：

表2　李文初等《中國山水詩史》所列中唐山水詩人一覽表

詩人 ＼ 詩作	總數	詩 題 及 句 數	備註
劉長卿（709～780？）河間河南	6首	〈逢雪宿芙蓉山主人〉4句〈秋杪江亭有作〉8句〈嶽陽館中望洞庭湖〉8句〈餞別王十一南遊〉8句〈卻歸睦州至七里灘下作〉8句〈自夏口至鸚鵡洲夕望陽寄元中丞〉8句	少用典故
韋應物（737～791？）京兆長安	4首	〈幽居〉12句〈淮上即事寄廣陵親故〉8句〈淮上喜會梁川故人〉8句〈滁州西澗〉4句	形式多用五古
錢起（722～780）吳興浙江吳興縣	4首	〈穀口書齋寄楊補闕〉8句〈江行無題〉一百首選二4句〈宿洞口館〉4句	大曆詩人列4人，共9首山水詩
張繼（生卒年不詳）襄州湖北襄陽縣	1首	〈楓橋夜泊〉4句	
戴叔倫（732～787）潤州金壇江蘇金壇縣	2首	〈題稚川山水〉4句〈蘇溪亭〉4句	
盧綸（未列）河中山西永濟縣	2首	〈雨中酬友人〉4句〈晚次鄂州〉8句	
韓愈（768～824）河陽河南孟縣	3首	〈山石〉20句〈謁衡嶽廟遂宿嶽寺題門樓〉32句〈湘中〉4句	

孟郊 （751～814） 湖州武康 浙江武康縣	47首	〈峽哀〉十首〈游終南山〉10句〈洛橋晚望〉4句〈石淙〉十首〈寒溪〉八首〈濟源寒食〉七首〈立德新居〉十首	五種組詩
賈島 （779～843） 河北範陽 北京市附近	5首	〈暮過山村〉8句〈雪晴晚望〉8句〈易州登龍興寺樓望郡北高峰〉8句〈雨後宿劉司馬池上〉8句〈江亭晚望〉8句	幾乎五律
白居易 （772～846） 河南新鄭	20首	〈晚望〉4句〈南湖早春〉〈大林寺桃花〉〈題廬山下湯泉〉〈題嶽陽樓〉8句〈入峽次巴東〉8句〈夜入瞿塘峽〉8句〈陰雨〉8句〈錢塘湖春行〉8句〈西湖晚歸回望孤山寺贈諸客〉8句〈春題湖上〉8句〈宿東亭曉興〉〈吳中好風景〉〈河亭晴望〉〈香山寺二絕〉其二4句〈五鳳樓晚望〉8句〈題龍門堰西澗〉6句〈早春題少室東岩〉8句〈暮江吟〉4句〈新小灘〉4句	
元稹 （779～831）	4首	〈嘉陵水〉4句〈江花落〉4句〈早歸〉8句〈嶽陽樓〉4句	
柳宗元 （773～819） 河東 山西永濟縣	6首	〈嶺南江行〉8句〈登柳州峨山〉4句〈江雪〉4句〈登柳州城樓寄漳汀封連四州〉〈南澗中題〉16句〈漁翁〉4句	
柳禹錫 （772～842） 蘇州嘉興縣	11首	〈望洞庭〉4句〈秋詞〉之二4句〈望衡山〉8句〈九華山歌〉〈松滋渡望峽中〉8句〈望夫山〉〈麻姑山〉〈竹枝詞九首之八〉4句〈隄上行三首之二〉4句〈竹枝詞九首之六〉4句〈浪淘沙詞九首之一〉4句	結合民歌
寒山 生卒年難考	4首	〈粵自居寒山〉10句〈千年石上古人蹤〉4句〈登陟寒山道〉8句〈雲山疊疊連天碧〉8句	未列詩題，故以首句標示

　　上表中，孟郊山水詩共有 47 首，白居易 20 首，在數量上，竟超過所謂田園山水詩派的韋柳，韋應物僅 4 首，而柳宗元僅 6 首，比例上的分配似有商榷之處。

再舉丁成泉《中國山水詩史》（臺北市：文津，1995）為例：全詩共分九章探討中國歷代山水詩之發展演變情形，其中第三四兩章則是說明唐代山水詩的部分，而第四章「山水詩藝術的高峰」，主要論述中晚唐之山水詩。如下表所列：

表 3　丁成泉《中國山水詩史》所列中唐山水詩人一覽表

詩人 ＼ 詩作	總數	詩　題　及　句　數	備　註
劉長卿 河間 河北河間縣	26首	〈步登夏口古城作〉8句〈秋杪江亭有作〉8句〈餘干旅舍〉8句〈逢雪宿芙蓉山主人〉4句〈送靈澈上人〉4句〈過橫山顧山人草堂〉8句〈湘中紀行十首〉〈龍門八詠〉〈碧澗別墅喜皇甫侍待禦相訪〉〈嶽陽館中望洞庭湖〉	景物蒙上感傷色彩
韋應物 京兆長安	7首	〈夕次盱眙縣〉8句〈煙際鐘〉6句〈滁州西澗〉4句〈春遊南亭〉〈遊靈巖寺〉〈遊溪〉〈西塞山〉	閑適淡泊
錢起 吳興	24首	〈裴迪南門秋夜對月〉8句〈早發東陽〉8句〈藍田雜詠二十二首〉	大曆時期7人，僅舉詩題而未加分析
盧綸	2首	〈春遊東潭〉〈晚次鄂州〉	
耿湋	1首	〈秋中雨田園即事〉	
郎士元	3首	〈夜泊湘江〉〈山中即事〉〈柏林寺南望〉	
皇甫冉	6首	〈歸渡洛水〉〈山中五詠〉	
張繼	3首	〈楓橋夜泊〉〈郢城西樓吟〉〈晚次淮陽〉	
戴叔倫	4首	〈春江獨釣〉〈晚望〉〈北山遊亭〉〈蘇溪亭〉	
元稹	3首	〈過襄陽樓呈上府主嚴司空樓在江陵節度使宅北隅〉〈嶽陽樓〉〈宿石磯〉	
白居易	5首	〈錢塘湖春行〉8句〈江樓夕望招客〉8句〈西湖晚歸回望孤山寺贈諸客〉8句〈江夜舟行〉8句〈暮江吟〉4句	寫實的筆調
張籍	2首	〈卻入泗口〉〈宿楊州〉	
李紳	2首	〈宿江店〉〈夜到漁家〉8句	

孟郊 湖州武康	14首	〈遊終南山〉10句〈遊終南龍池寺〉10句〈遊華山〉10句〈石淙〉十首其六 14句〈洛橋晚望〉4句	奇險風貌
韓愈	3首	〈南山詩〉1020字〈月蝕詩效玉川子作〉〈陸渾山火和皇甫湜用其韻〉	
賈島	7首	〈題李凝幽居〉8句〈雪晴晚望〉8句〈晚晴見終南諸峰〉8句〈暮過山村〉8句〈宿村家亭子〉〈行次漢上〉〈宿懸泉驛〉	枯寂荒寒
李賀	2首	〈溪晚涼〉8句〈塘上行〉4句	虛荒誕幻
劉禹錫 洛陽	16首	〈洞庭秋月行〉20句〈海陽十詠〉〈晚泊牛渚〉〈望洞庭〉〈堤上行三首〉其一	
柳宗元 河東 山西永濟	7首	〈秋曉行南穀經荒村〉8句〈中夜起望西園值月上〉8句〈雨晴至江渡〉4句〈江雪〉4句〈嶺南江行〉〈零陵春望〉〈漁翁〉6句	
張祜 清河 一說南陽	7首	〈題杭州孤山寺〉8句〈禪智寺〉8句〈東山寺〉4句〈峰頂寺〉4句〈夜宿盆浦逢崔昇〉4句〈題金陵渡〉4句〈楓橋〉4句	
姚合 陝州	21首	〈夏夜宿江驛〉8句〈秋晚江次〉8句〈題金州西園九首・石庭〉6句〈杏溪十首・石潭〉6句	
施肩吾	2首	〈錢塘渡口〉〈雲中道上作〉	
殷堯藩	3首	〈夜過洞庭〉〈遊山南寺二首〉	
顧非熊	2首	〈經河中〉〈天津橋晚望〉	

　　據上表顯示，劉長卿、錢起和姚合被討論 20 幾首之山水詩，而韋應物和柳宗元僅各佔 7 首，不被文學史注意的姚合竟也在山水詩數量上超越「韋柳」，宜有深探之必要。透過以上三本山水詩史對中唐詩人之山水詩的討論，我們發現研究者所列舉的中唐山水詩數量不足，以及論述方法似有不夠深入之蔽，如論韋應物時，可從其京洛和滁江蘇三州之任官經歷分析，其次，詩僧皎然和無可未論及，以及體式之分析亦付之闕如。

2、從山水詩之各角度切入，未能針對中唐山水詩作細部分析

上述三本專著是從先秦至清代這一大範圍的宏觀角度考察，難免失之微觀之分析，以下亦有結合先秦至晚唐之流變和山水詩藝術特點兩方面論述者，如：

（1）王國瓔《中國山水詩研究》（臺北市：聯經，1986 年）

第一部分探討山水詩的發展：中唐韋應物〈月溪與幼遐君貺同遊〉白居易〈遺愛寺〉，說明繼承宮廷遊宴傳統，純寫山水之美與賞景之趣。〔註3〕劉長卿〈送靈澈上人〉錢起〈題玉山柯叟壁〉韋應物〈遊西山〉〈登西南岡卜居遇雨尋竹浪至澧壖縈帶數里清流茂樹雲物可賞〉〈遊溪〉柳宗元〈雨後曉行獨至愚溪北池〉〈漁翁〉白居易〈溪中早春〉孟郊〈遊終南山龍池寺〉韓愈〈獨釣〉賈島〈雪晴晚望〉以分析證明山水與田園情趣合流之現象。〔註4〕

第二部分探討山水詩的特色：從形象模擬及物我關係兩大方向論述。在「形象模擬」中，主要是詩例摘句說明，如舉劉長卿〈秋雲嶺〉：「孤峰夕陽後，翠嶺秋天外。」及韋應物〈賦得暮雨送李冑〉：「楚雨微雨裏，建業暮鐘時。」等句例解說了「有些語法正常的句型，也可使名詞或名詞片語孤立，而產生單純意象」的主張。〔註5〕餘者約舉中唐詩人 21 例，其間可能有重複舉例之情況，如劉長卿〈浮石瀨〉。〔註6〕而在「物我關係」中，物我相即相融者，舉柳宗元〈江雪〉韋應物〈西塞山〉；物我若即若離者，舉白居易〈遺愛寺〉劉長卿〈秋雲嶺〉；物我或即或離者，舉柳宗元〈漁翁〉，韋應物〈賦得暮雨送李冑〉，柳宗元〈秋曉行南穀經荒村〉等詩。還有一種角度是從心靈境界來探究山水詩，如：

〔註3〕王國瓔：《中國山水詩研究》（臺北市：聯經，1986 年），頁 245～247。
〔註4〕王國瓔：《中國山水詩研究》（臺北市：聯經，1986 年），頁 273～284。
〔註5〕王國瓔：《中國山水詩研究》（臺北市：聯經，1986 年），頁 309。
〔註6〕王國瓔：《中國山水詩研究》，頁 349 和 363。

（2）胡曉明《萬川之月：中國山水詩的心靈境界》（北京：三聯
　　書店，1992 年）

　　本書之觀點是：「從中國哲學的學術立場看中國山水詩歌，從中
國山水詩歌的特殊角度看中國哲學，這就是本書的宗旨。」書中他說
到：「莊子所謂『中國→四海→天地』跟孔子所謂「魯→東山→泰山」
一樣，精神的視界是開放的，空間的體驗是伸展的。從這種意義上說，
應該是中國思想傳統文化心理結構之中的儒道互證。但是，這兩種精
神又存在著微妙的差異：儒家思想傳統以剛健爲中心，借空間的張勢
以提昇人的精神的向上性；道家思想則以自由爲中心，借空間的拓
闊，以抒發人的個體的自由感。從這種意義上說，又應當是一種深刻
的儒道互補。」〔註7〕以下是筆者從該書中所爬梳的一些關於中唐山
水詩的詩例，茲羅列如后：

　　劉長卿〈逢雪宿芙蓉山主人〉，嚮往安寧。（15 頁）

　　劉長卿〈送陸澧還吳中〉，雨中的迷濛，表示著生命的某種
　　缺憾，某種悵惘。（23 頁）

　　韋應物，「春潮帶雨晚來急，野渡無人舟自橫。」與其說是
　　描繪了澗邊野景，不如說呈露了詩人的心中逸態。（32 頁）

　　劉禹錫〈晚泊牛渚〉，山水詩有了懷古，便猶如空間意識中
　　增添了時間的維度，詩人的心靈可以由此伸展出去，與往
　　昔的世界接通，與過去的先賢晤談。（86～87 頁）

　　劉禹錫〈西塞山懷古〉，天地自然之不變，而人世社會卻變。
　　（97 頁）

　　李賀算是最能傳承屈子的山鬼情調的詩人。〈蘇小小墓〉營
　　造出一種荒寒孤寂與淒冷的意境。〈感諷五首〉之三，那一
　　片慘白的世界中，一幀樹影，一座墳塋，一盞螢火，都是
　　黑色暗色的，這與其說是經驗世界中的月境，不如說是心

〔註7〕　胡曉明：《萬川之月：中國山水詩的心靈境界》（北京：三聯書店，
　　　　　1992 年），頁 70～71。

靈體驗中的幻景。〈長平箭頭歌〉中的黑雲，寫出了古戰場的淒寒。〈溪晚涼〉也寫到同一種雲，這首詩中的景象，也以黑白色對比爲基調。(123 頁)

倘若以一幀小詩，象徵屈子所開示的沅湘山水荒寒境界，則可舉出柳宗元〈寒江雪〉爲代表，所表現的心態與〈永州八記〉相通。(127 頁)

錢起〈晚鐘〉，有了聲音，這山水的空間就變得無限寥闊。(198 頁)

劉長卿〈送靈澈〉，音樂具有的彌漫性、穿透力，使有限的山水，有了無限遠的意韻。

元稹〈欸乃曲〉寫出了漁歌野唱的深刻意義。(204 頁)

以上分頁書寫，從《萬川之月：中國山水詩的心靈境界》中摘錄相關中唐山水詩的解讀內容，無非是證明山水詩可用心靈或文化等角度考察，除此之外，我們瞭解這些詩是以中國所有山水詩爲一整體而討論，因此在某一特定時代背景的分析就付之闕如了。

以上簡述可知，王國瓔《中國山水詩研究》和胡曉明《萬川之月：中國山水詩的心靈境界》兩本山水詩研究專著從各種角度宏觀地討論山水詩之文化內容或藝術特色，但所探討的中唐山水詩的份量實在太少，不過他們所提供的研究視角倒可作爲本論文的參考論點。

（二）從學位論文來看

撰寫碩博士學位論文時，選題最好以不重複爲原則，若不幸同題，亦須採用不同的研究方法，始有新穎的研究成果，甚至可導向不同的結論。而《中唐山水詩研究》之選題至今未有研究生作過，如以下分析：

1、探討專家山水詩

針對歷代專家山水詩這一角度考察，大致可分魏晉南北朝和唐宋兩部分來討論，魏晉南北朝的有：

陶玉璞：《謝靈運山水詩與其三教安頓思考研究》(國立清華大學

中國文學系博論，民國 94 年）

劉明昌：《謝靈運山水詩藝美探微》（國立成功大學中國文學系碩
　　　　論，民國 95 年）

陳美足：《謝靈運山水詩之研究》（玄奘人文社會學院中國語文研
　　　　究所碩論，民國 91 年）

吳若梅：《謝靈運的政治生涯與其山水詩的關係》（國立彰化師範
　　　　大學國文學系碩論，民國 93 年）

李海元：《謝靈運與鮑照山水詩研究》（國立政治大學中國文學研
　　　　究所碩論，民國 76 年）

鄭義雨：《謝朓山水詩研究》（東海大學中國文學研究所碩論，民
　　　　國 83 年）

而唐宋的有：

陳敏祥：《李白山水詩研究》（國立高雄師範大學國文學系碩論，
　　　　民國 89 年）

林雅韻：《杜甫山水紀遊詩研究》（輔大中文系碩論，民國 90 年）

黃偉正：《王維山水詩之研究》（玄奘大學中國語文學系碩論，民
　　　　國 93 年）

蘇心一：《王維山水詩畫美學研究》（中國文化大學中國文學研究
　　　　所碩論，民國 95 年）

李及文：《王維山水詩句的美學鑑賞及研究》（國立彰化師範大學
　　　　國文學系碩論，民國 93 年）

李慧玟：《劉長卿山水詩研究》（南華大學文學研究所碩論），民
　　　　國 95 年。

許緗瑩：《韋應物的山水詩研究》（國立高雄師範大學國文學系碩
　　　　論，民國 87 年）

何映涵：《柳宗元山水詩之研究》（國立臺灣大學中國文學研究所
　　　　碩論，2007 年）

謝迺西：《蘇軾山水詩》（東海大學中國文學系碩論，民國 94 年）

　　林天祥：《范成大山水田園詩研究》（國立成功大學歷史語言研究
　　　　　所碩論，民國 79 年）
　　汪美月：《楊萬里山水詩研究》（國立高雄師範大學國文教學碩士
　　　　　班碩論，民國 90 年）
　　林珍瑩：《楊萬里山水詩研究》（國立高雄師範大學國文研究所碩
　　　　　論，民國 80 年）

上列唐宋以前之專家山水詩中，僅有李慧玟《劉長卿山水詩研究》、
許綑瑩《韋應物的山水詩研究》、何映涵《柳宗元山水詩之研究》等
三本學位論文與中唐山水詩相關，然其僅從一人山水詩角度作微觀分
析，較難反映山水詩的繼承和開揚或流變等方面探析。

　　2、探討某一時代山水詩

　　除專家山水詩的研究外，亦有探討某一時代之山水詩者，如：

　　張滿足：《晉宋山水詩研究》（國立高雄師範大學國文學系博論，
　　　　　民國 88 年）
　　蕭淑貞：《魏晉山水紀遊詩文之研究》（國立臺灣師範大學國文學
　　　　　系博論，民國 95 年）
　　宮菊芳：《南北朝山水詩研究》（輔仁大學中國文學研究所碩士論
　　　　　文，民國 63 年）
　　李遠志：《盛唐山水詩研究》（國立高雄師範大學國文學系博論，
　　　　　民國 90 年）
　　黃雅歆：《清初山水詩研究》（輔仁大學中文系博士論文，民國
　　　　　87 年）

上列五本時代山水詩中，僅有李遠志《盛唐山水詩研究》與本論文稍
爲類似，然研究方法及內容上則有相當大的不同。〔註 8〕

─────────────

〔註 8〕李遠志《盛唐山水詩研究》論文摘要爲：「第一章〈緒論〉：對研究
　　　主題及論文寫作背景、研究範圍及方法提出具體說明。第二章〈六
　　　朝山水向盛唐的嬗遞〉：探討六朝至盛唐間士人思想中自然主義的勃
　　　興、個人意識的抬頭與生命價值觀的改變，因安頓人生的取向與經

3、探討中唐時歌某一題材

若不專從山水詩這一主題看，而從中唐這一時期觀察的話，則未見《中唐山水詩》這一研究題目者，如：

周曉蓮：《中唐樂舞詩研究》（中國文化大學中國文學研究所博士論文，民國 91 年）

楊曉玫：《中唐佛理詩研究》（玄奘人文社會學院宗教學研究所碩士論文，民國 88 年）

莊蕙綺：《中唐詩歌「由雅入俗」的美學意涵研究》（國立政治大學中國文學研究所博士論文，民國 93 年）

莊蕙綺：《中唐詩歌中之夢研究》（國立政治大學中國文學研究所碩士論文，民國 83 年）

張修蓉：《中唐樂府詩研究》（國立政治大學中國文學研究所博士論文，民國 70 年）

常的山水接觸等客觀條件，成為盛唐山水詩普遍創作的主要因素。第三章〈詩學流變〉：釐清南朝至盛唐之間，詩歌形式藝術的發展、詩歌與繪畫相互的影響、詩學理論等建樹，造就盛唐山水詩情景合一、境界渾融的獨特藝術風格。第四章〈詩壇重心的移轉〉：分析初唐百年詩壇的演變。因詩人族群的更新，引發的江湖山林體驗；配合富庶繁榮的時代和遼闊的疆域提供詩人閒遊的天地，因為江山之助，山水詩的創作繼晉宋之後重開新境。第五章至第八章，依序從詩人生平事蹟、思想內容、連結其山水詩創作的實際內涵，分別探討因獨特的思想境界及詩歌風格而擁有詩佛、詩仙、詩聖（史）之稱的王維、李白、杜甫，以及在盛唐最具隱逸特質的孟浩然等代表性詩人，根據其各階段山水詩創作的風貌及興寄主題的變化，從山水詩中辨析詩人的思想傾向與相對於歷史人文功利色彩的人生價值取向，並研究個別山水詩的藝術風格和詩歌所反映的詩人思想及時代特色。第九章〈結論〉：根據研究結果，歸納盛唐山水詩為盛唐詩人主要創作題材：其淵源流變、審美趣味與興會寄託，具有反映盛唐文化思想及士人生命價值祈嚮，不但存在著深厚的自然審美情趣，並如實的呈現歷來士人卷而懷之、安頓身心的共同歸向。」李遠志討論盛唐山水詩人時，半部論文選取王孟李杜等四位代表詩人加以論述。而本論文的方法與他不同，一章討論山水詩起源，三個章節討論詩人仕宦經歷與山水詩之關係，或遊宦，或貶謫，或無官之詩僧，二個章節討論體式和藝術技巧，均針對山水詩文本立論。

透過以上的歸納整理，我們發現與山水詩相關研究的學位論文中，就某一專家山水詩研究來看，以南朝時期謝靈運山水詩爲探討對象居冠，計六本；在唐代則以王維最夥，計三本。再從某一時代山水詩研究來看，魏晉六朝時代有三本，盛唐山水詩一本，清初山水詩一本。單就中唐時期的詩歌分類看，有樂舞的，佛理的，夢的，樂府詩的，由雅入俗的，不一而足。因此以中唐山水詩爲研究對象應爲可行的論文方向。故筆者博士論文題目訂爲《中唐山水詩研究》。

第二節　研究思路及研究方法

一、研究思路及資料運用

　　撰寫論文不可憑空想像，毫無立基之地。在穩固的路面行走時，亦須清楚前方之路向。就中唐山水詩的研究而言，筆者必須先有「立基之地」及「路向」的概念後，始能進入研究的樂園天地中。「路向」是指研究一個論題所應思索的文學批評視域爲何？即根據孟子所揭示「知人論世」〔註9〕和「以意逆志」〔註10〕兩種批評觀念，幫助我們釐清「作品、作者、讀者」三者的關係。當我們在正確理解或鑑賞文學作品時，必須要「知人論世」，瞭解作者之生平及其所處的時代背景（讀者和作者的關係），且要「以意逆志」，透過作品本身之意來推知作者所欲表達之志（讀者和作品的關係）。因此，筆者必須探討中唐主要代表詩人的生平概況、仕履經歷以及中唐時代的社會政局，最主要的在於作品本身的解讀，以中唐所有山水詩爲一整體，並對此基點展開分析比較和歸納，思索中唐時期山水詩文本從何而來，這樣

〔註9〕《孟子·萬章下》：「頌其詩，讀其書，不知其人可乎？是以論其世也。是尚友也。」詳見《十三經注疏》整理委員會整理：《十三經注疏》（北京：北京大學出版社，1999 年 12 月），頁 291。

〔註10〕《孟子·萬章上》云：「故說詩者不以文害辭，不以辭害志。以意逆志，是爲得之。」詳見《十三經注疏》整理委員會整理：《十三經注疏》（北京：北京大學出版社，1999 年 12 月），頁 253。

的思路則確立了研究「路向」。

　　然而，有了基本路向後，必須憑藉專業的資料運用以穩固「立基之地」，避免無根之談。準此，關於中唐時期的所有文學史料皆爲筆者論述所採用的依據，〔註11〕在「知人論世」方面，筆者採用新舊《唐書》、《資治通鑑》、《唐語林校證》以瞭解中唐時代背景，輔以《唐才子傳校箋》、詩人別集以還原詩人生平概況；在「以意逆志」方面，文本探討以別集和全唐詩爲主，佐以《唐詩紀事》《唐詩彙評》《歷代詩話》《唐人選唐詩》等文獻進行作品分析詮解，嘗試從歷代前人的零星評論中建構出一套完整的山水詩理論。

二、研究方法

　　在學位論文研究進程中，並不一定只用一種研究方法，何種研究方法應用於何種課題並無一定的標準邏輯，研究方法端賴研究課題而訂，不同研究方法或許會導出不同結論。本文依實際課題需要，試從幾種方法進行中唐山水詩研究，茲說明如後：

（一）史學方法

　　山水詩自南朝謝靈運大量創作之後，即成爲中國山水詩的鼻祖，經過鮑照、謝朓、何遜、庾信等詩人在山水詩發展上作出貢獻，從而在唐代形成高峰，盛唐王維、孟浩然和中唐韋應物、柳宗元在山水詩的創作上皆取得卓越的成就。另一波接踵而來的山水詩浪潮則是北宋的蘇東坡、歐陽脩和南宋的陸游、范成大等著名詩人。本論文雖集矢於中唐一代山水詩人，然其前所承而後所繼之接受與影響史則爲宏觀之研究者所不能忽略。準此，筆者須留意唐代以後選本和詩話方面的相關評論，如常振國編《歷代詩話論作家》提供檢索的方便，以完整呈現中唐山水詩之流動生命。

〔註11〕關於史料學的運用情形可參陶敏、李一飛著：《隋唐五代文學史料學》（北京：中華書局，2001 年 11 月）。

（二）統計方法

統計方法可較爲客觀體現中唐山水詩之整體風貌,經筆者就山水詩之定義後所統計出來的山水詩,可能會與山水詩史所說的有些出入。統計的步驟:先從詩題上作判斷,動詞性的關鍵性字眼,如登,遊,泛,眺,賞,題詠,尋……不遇等詞;名詞性字眼:山字邊（峽、峰、岸）,水字邊（澗、川、溪）,僧佛禪寺,隱士,精舍,塔,觀,道士,上人,陶謝等詞;形容詞字眼,如閑。在全唐詩的電子文獻中鍵入以上關鍵字,〔註12〕自可列出相關的中唐詩篇,然後再依筆者的山水詩定義作取捨,藉「以零統整」的方式,將中唐具代表性的詩人逐一統計並製表分析,由各個詩人之山水詩結合起來便形成一整體之中唐山水詩。〔註13〕從中或可總結出與前人不同的說法。

筆者認爲,凡是文字所組合成的資料皆爲本論文所依據的文獻材料,無論古代史書,或是現今政府各單位之統計資料,筆者將視論證需要而加以靈活運用,尤其是本論文所存在的多項圖表,俱是爲了方便說明某個論題而整理,論述過程中,當以文字爲主,圖表爲輔。

統計方法如果出現爭議,則可能是定義上出現了不同看法所導致的。如謝靈運山水詩到底有幾首?陶文鵬和林文月卻有不同的解答。林文月在《山水與古典》一書中,統計謝靈運山水詩有 33 首,寓玄理之山水詩有 23 首,〔註14〕而陶文鵬等主編《靈境詩心——中國古代山水詩史》一書亦指出:「謝靈運詩今存約百首,其中模山範水之作約 60 首左右。」〔註15〕縱使兩書在山水詩統計上有些出入,〔註16〕

〔註12〕主要依網站:「新詩改罷自長吟」全唐詩檢索系統,網址在:
　　　　http://cls.hs.yzu.edu.tw/tang/Database/index.html
〔註13〕除了網路搜尋外,我亦逐一閱讀中唐詩人別集紙本資料,並在詩集目錄上作一編號,從中挑選出山水詩文本。
〔註14〕林文月:《山水與古典》,頁 61。
〔註15〕詳見陶文鵬等編:《靈境詩心——中國古代山水詩史》中「第四章　山水詩派的開創者:謝靈運」,頁 93。
〔註16〕他們在書中分只列山水詩統計數字,未列詩題或表格,以供後人參照。不過,他們的統計差異,或許出在山水詩的定義上,一就狹義,

但不影響整個山水詩議題上的研究，畢竟他們也各自完成了山水詩的
著作。所以本論文在山水詩統計數字若有些瑕疵，亦在所難免，請讀
者諒之！

（三）歸納方法

歸納方法是將繁雜蕪亂的知識有系統地依其特性同異歸類成一
個整體。就本論文而言，中唐所有山水詩如同一繁雜蕪亂的知識文
本，如何將死寂的文字荒地轉換成有邏輯組織的活力山水仙境，則非
運用歸納法不可。依何種原則歸納呢？試從內容和形式兩種角度切
入。如山水詩內涵可從詩人貶謫地域作為分析基點，柳宗元依永州和
柳州二地來探討，又如山水詩形式可從組詩角度切入，考察其流變，
歸納其藝術特徵。而山水詩文本之外的中唐時代背景亦須參酌詩人相
關文獻著作以勾勒出一個中唐時代概況。

（四）比較方法

欲深入體悟知識的內涵，藉由不同的兩個實體來作比較，應不失
為一種可行的途逕。前人曾將王維、孟浩然的詩作一比較，取得了很
好研究成果，使讀者更能瞭解這兩位詩人生平及詩風。如房日晰《唐
詩比較研究》指出：「總之，王維、孟浩然同是盛唐著名的田園詩人，
孟浩然長期生活在田園，並親自參加了勞動，因此他的田園詩感情就
比較真實而深沈；王維住在別墅，他只是農村勞動的旁觀者，其田園
詩，感情就難免浮淺和隔膜。從反映現實的角度看，王維的田園詩，
不及孟浩然的深刻。」〔註17〕

韋應物和柳宗元並稱韋柳，他們的山水詩有相同的風格，但如果
再深入探究，應有其他新穎的發現。

一就廣義，當然會有出入。關於這部份的操作，本論文在各章節將
採更細密之分析，在結論時列表簡述，可供研究者具體討論，且本
人日後亦能適時加以補充及修正。

〔註17〕房日晰著：《唐詩比較研究》（合肥：安徽大學出版社，2004 年 12 月），
頁 57。

（五）其　他

中唐山水詩的研究中，有些很難界定爲何種方法，不過開放性的多元思考則是本論文不可或缺的主要理念，正確合理地引用相關文獻佐證，並適時引入筆者的詮釋，希冀在整理文獻或前賢研究成果之外，亦能發前人所未發，提供後來的相關研究者的引用參考，如此論文之價值始能日益提昇。

第三節　研究價值及前瞻

一、研究價值

就篇幅而言，詩歌可說是文學類型中最爲經濟的文字載體。它能較爲含蓄地傳達作者內心豐富的思想感情。在詩歌發展的長河裏，詩經先以四言一句的形式記錄了先秦時代老祖宗的各種生活面貌，中經漢代四百年的醞釀成長，魏晉六朝的格律摸索，到了唐代無論在形式或內容方面皆臻於成熟階段。在詩歌題材上，我們粗略劃分兩大類，詩人關懷自然現象而歌詠入詩，稱之爲山水自然詩；詩人關懷人文現象而記錄於詩，則稱之爲社會寫實詩。就人類心理來說，長期處於人與人互相對待的倫理關係中，內心必然會產生厭倦疲怠，所以投入山水自然即成爲人類抒解煩悶的最佳方式，古今中外的人類皆不能脫離山水環境而存在，假使不能親往，亦能從他人的山水詩中獲得沈澱與洗滌。因此無論是自己創作或鑑賞他人山水詩皆如身歷其境般快意。筆者認爲，研究中唐山水詩的價值至少有下列幾種意義：

（一）補充及深化中唐山水詩史的內涵

目前研究山水詩史的著作主要有四部：陶文鵬、韋鳳娟主編《靈境詩心——中國古代山水詩史》2005、李文初等《中國山水詩史》1991、丁成泉《中國山水詩史》1995、王國瓔《中國山水詩研究》1986。明顯地，上節列表論述了此四部山水詩專著所呈現的中唐山水詩的內

涵仍未盡完善，究其因乃山水詩史之立足點是以宏觀角度檢視整個中國歷代山水詩的源流發展，其不足之處在於淺嘗輒止，未能細部分析，鑑此，本論文聚焦於中唐一代，勢必深入挖掘，結合中唐一代之文化思想、社會生活之特性，或是體式，或是藝術技巧等議題，加以有機地細密的分析，期能在韋應物及柳宗元等山水詩人之外，再綜合其他詩人在山水詩創作上的整體成就。

（二）現代人創作古典山水詩及現代詩的參考

白居易〈餘思未盡，加爲六韻，重寄微之〉詩云：「制從長慶辭高古，詩到元和體變新。」揭示中唐元和時期詩風之創新意義。山水詩從盛唐進入中唐之後，顯現出異采紛呈而眾聲喧嘩之局面。多元化的山水詩藝術成就值得現代人模倣學習。本論文某些部份試圖從教學觀點切入，希冀得出創作山水詩的方法指南，透過國人週休二日旅遊之時機，以古詩方式具體以詩描繪自然現象，表達其對大自然之讚嘆感受，中唐山水詩之構思方式或可作爲現代新詩的寫作參考。我們不只向中唐某一位成功寫作經驗的詩人學習，而是向一群體山水詩人的構思方式借鏡，此亦是本論文之價值所在。

筆者生活在台灣地區，求學歷程中，漸受山水之陶冶，大學時期就讀兼具山水之美的高雄中山大學，進入軍中四年服役後，待過二艘軍艦，先後到過澎湖、花蓮、基隆等美麗山水之地，退伍後，又到大度山腰的東海大學攻讀碩士，最後在唸博士期間又回到中山大學深造，遺憾的是，接觸山水，卻少有詩作呈現。因此透過此論文對山水詩的思考，無論對筆者的古典詩創作或日後山水詩教學皆具有正面積極之作用。

（三）研究台灣山水詩及晚唐以降的山水詩

上述所引的山水詩史所論述的終點則至古典山水詩的集大成——清代。〔註18〕而現今兩岸分裂分治的政治環境中，誰又是古代山水詩的

〔註18〕如陶文鵬、韋鳳娟主編：《靈境詩心——中國古代山水詩史》（南京：

傳人呢？筆者嘗試研究某一時期的山水詩發展，若有所成，亦可以本論文為研究基礎，繼續研究其他時期的古典山水詩，或從貶謫議題衍發（本書中唐詩人貶謫與山水詩創作之章），或從禪學議題引申（中唐詩僧之山水詩之章），據此研究經驗，而漸漸形成一研究體系，上推初盛唐山水詩，下開晚唐，宋代各時期，甚至是目前的台灣山水詩的發展，清代詩論家曾提出所謂的三元現象，[註19] 其中的元和時期正是中唐時期，筆者以此為研究起點，借由古典山水詩的研究經驗來探討現代山水詩，在這個意義上，中唐山水詩之研究價值自然就顯現出來了。

（四）山水詩與旅遊文學

「以古鑑今」是筆者追求知識的一貫理念，同理，在研究山水詩過程中，亦希望向中唐山水詩借鏡以作為現代山水詩創作參考，亦即借鑑山水詩的藝術成就可提供旅遊山水詩之創造養份。[註20] 落實於具體計劃則是與交通部觀光局合作，舉辦山水詩創作比賽，並徵集相關詩人之山水詩作品，再出版山水詩集，相信山水詩生命必能存在於各個旅遊景點中。這些透過中唐山水詩為媒介所創作出的山水詩，又可成為後代人研究山水詩的文本，若從永續經營的角度看，則本論文確實有其研究價值。

如果說中唐山水詩產生的原因之一是得江山之助，那麼民國 90

鳳凰出版社，2004 年 4 月）目錄的部份。他把山水詩史的終點列為「第六編　古典山水詩的集大成」的大標題，然後分成四章討論：第一章　易代貳臣山水詩的社會政治性，　第二章　清初遺民山水詩的民族意識，　第三章　順康山水詩審美性的強化，　第四章　乾嘉山水詩審美性的成熟。

〔註19〕清人陳衍在《石遺室詩話》卷一謂：「蓋余謂詩莫盛於三元：上元開元，中元元和，下元元祐。」

〔註20〕今人袁行霈先生在這方面的想法與筆者一致。他在《中國詩歌藝術研究》指出「詩人們描繪山水也有多種多樣的手法，在物象的捕捉和意境的創造上，在畫面的組織和色彩的表現上，在語言的錘煉和典故的運用上，都有其他題材的詩歌所不及的技巧。總結和學習這些藝術經驗，對於今天的詩歌創作，無疑是有幫助的。」，（台北：五南出版社，88 年 5 月初版 3 刷），頁390。

年代後的現代人更有機會來創作山水詩，以下筆者提供政府單位對國內旅遊狀況的調查數據：

表　國人至各地區旅遊時喜歡的遊憩活動（國內旅遊）（單位：行百分比）

	94 年	95 年	96 年	備註
自然賞景活動	49.6	46.1	45.1	
文化體驗活動	24.8	22.8	25.3	
運動型活動	7.0	5.0	4.2	
遊樂園活動	4.7	3.2	2.8	
其他休閒活動	38.0	25.8	32.9	
都不喜歡、沒有特別的感覺	2.4	2.6	2.6	
純粹探訪親友，沒有安排活動	18.3	17.8	16.1	

資料來源：中華民國交通部觀光局 http://admin.taiwan.net.tw/indexc.asp，觀光統計／市場調查摘要／國人旅遊狀況調查

上表是交通部觀光局在民國 94～96 年以電話訪問的方式所調查的關於國人旅遊時所喜歡的活動為何，筆者整理成表格，分析得知「自然賞景活動」是國人旅遊時最想做的事，比率接近五成，94 年為 49.6；95 年為 46.1；96 年為 45.1。其次才是「文化體驗活動」，換言之，投入大自然懷抱是國人旅遊的最大誘因，當遊客置身於大自然之環境中，再加上各種情感的催化下，只要再激發一些些內在的文學因子，如此山水詩則與旅遊文學作完美的結合，而這文學因子的誘發則為本論文研究價值所在。

以下筆者再舉古人在面對山水之優美環境時，往往會賦詩歌詠以表達其思想感情的例證：

1、乙卯，高祖幸後堂聽訟，還於橋上觀山水，賦詩示臣。
（《陳書・高祖本紀》卷二，頁 36）

2、諡不飲酒，好音律，愛樂山水，高尚之情，長而彌固，一遇其賞，悠爾忘歸。乃作神士賦，歌曰：「周孔重儒

教，莊老貴無爲。二途雖如異，一是買聲兒。生乎意不惬，死名用何施。可心聊自樂，終不爲人移。脫尋余志者，陶然正若斯。」延昌四年卒，年三十二，遐邇悼惜之。(《魏書‧逸士‧李謐列傳》卷九十，頁 1937)

3、登臨山水，以談讌爲事，人士謂之物外司馬。常詣晉祠，賦詩曰：「日落應歸去，魚鳥見留連。」(《北齊書‧王昕‧弟晞列傳》卷三十一，頁 417)

4、出爲永嘉太守。郡有名山水，靈運素所愛好。出守既不得志，遂肆意遊遨，歷諸縣，動踰旬朔。理人聽訟，不復關懷，所至輒爲詩詠以致其意。(《南史‧謝靈運列傳》卷十九，頁 538)

5、性愛山水，於玄圃穿築，更立亭館，與朝士名素者遊其中。嘗泛舟後池，番禺侯軌盛稱此中宜奏女樂。太子不答，詠左思招隱詩云：「何必絲與竹，山水有清音。」(《南史‧梁武帝諸子‧昭明太子統‧昭明太子統‧長子歡列傳》卷五十三，頁 1310)

6、稽山水奇秀，稹所辟幕職，皆當時文士，而鏡湖、秦望之遊，月三四焉。而諷詠詩什，動盈卷帙。副使竇鞏，海內詩名，與稹酬唱最多，至今稱蘭亭絕唱。稹既放意娛遊，稍不修邊幅，以瀆貨聞於時。凡在越八年。(《舊唐書‧元稹列傳》卷一百六十六，頁 4336)

由以上例子可得知魏晉至唐等有文才之詩人或無文才之逸士、貴族，他們置身山水之時，自然地將所見所聞謳詠入詩，而現代人若能向古人培養審美意識，則文學因子應不難激發才對！

第四節　山水詩界定

　　在進入中唐山水詩研究之前，首先面臨的棘手難題則是「何謂山水詩？」從歷史的角度看，最早出現「山水詩」一詞，是在盛唐王昌齡所著《詩格》中提出的，其云：

　　欲爲山水詩，則張泉石雲峰之境極麗豔秀者，神之於心，

　　然後用思，了然境象，故得形似。

此段話主要說明山水詩的創作手法，山水美景須用心領會，而後得其
精髓，所謂「泉石雲峰之境，神之於心，了然境象」。中唐詩人白居
易〈讀謝靈運詩〉也談到「山水詩」：

　　謝公才廓落，與世不相遇。壯志鬱不用，須有所洩處。<u>洩</u>
　　<u>爲山水詩</u>，逸韻諧奇趣。大必籠天海，細不遺草樹。豈惟
　　玩景物，亦欲攄心素。往往即事中，未能忘興諭。因知康
　　樂作，不獨在章句。（《全唐詩》卷 430，頁 4742）

白居易對謝靈運詩的感動主要來自於謝氏所寫的山水詩，「壯志鬱不
用，須有所洩處」及「豈惟玩景物，亦欲攄心素」四句說明謝靈運創
作山水詩是由於他鬱鬱不得志，不受朝廷所重用。「大必籠天海，細
不遺草樹」則界定山水詩的內容大至遠景天海，小至近景草樹。若不
拘泥於「山水詩」一詞，而著眼其山水概念的話，那又可推源至魏晉
六朝時期。〔南朝梁〕劉勰在《文心雕龍·明詩》說：「宋初文詠，體
有因革，莊老告退，而山水方滋。」〔註21〕說明詩歌發展在南朝宋時
期，山水詩取代玄言詩而成主流。理論上說，山水詩既然在南朝宋興
起，但未見當時評論家提起。如〔南朝梁〕蕭統所編《文選》竟未將
山水詩劃分一類，他將詩分成補亡、述德……遊覽、行旅等二十三類。
〔註22〕而且從歷代詩話所評論的中唐詩人中，也未見「山水詩」一詞，
〔註23〕如：

　　1、《冷齋夜話》卷五：<u>柳子厚詩曰：『漁翁夜傍西岩宿，曉汲</u>
　　　清湘然楚竹。煙消日出不見人，欸乃一聲山水綠。回看天

〔註21〕詳見〔梁〕劉勰著，陸侃如、牟世金譯注：《文心雕龍譯注》（濟南：
　　　齊魯書社，1995 年 4 月第 1 版），頁 144。
〔註22〕其二十三類，詳目如下：「補亡」「述德」「勸勵」「獻詩」「公宴」「祖
　　　餞」「詠史」「百一」「遊仙」「招隱」「反招隱」「遊覽」「詠懷」「哀
　　　傷」「贈答」「行旅」「軍戎」「郊廟」「樂府」「挽歌」「雜歌」「雜詩」
　　　「雜擬」。詳見〔南朝梁〕蕭統主編：《昭明文選》（北京：華夏出版
　　　社，2000 年 2 月）
〔註23〕詳見常振國、降雲編《歷代詩話論作家》四冊（台北市：黎明文化，
　　　民國 82 年）

際下中流，岩上無心雲相逐。』東坡云：『詩以奇趣爲宗，反常合道爲趣，熟味此詩，有奇趣。然其尾兩句雖不必亦可。』(常振國編《歷代詩話論作家》(二)，第 1 條，頁 47)

2、《彥周詩話》：<u>柳柳州詩</u>，東坡云在陶彭澤下，書蘇州上，若〈晨詣超師院讀佛經〉詩，即此語是公論也。(常振國編《歷代詩話論作家》(二)，第 3 條，頁 47)

3、《竹莊詩話》卷八：東坡嘗題此詩 (指〈南澗中題〉) 後云：『子厚南遷後，詩清勁紆徐，大率類此。』又云：『〈南澗〉詩憂中有樂，樂中有憂，蓋絕妙古今。』(常振國編《歷代詩話論作家》(二)，第 41 條，頁 53)

4、《竹莊詩話》卷二十：《容齋隨筆》云：『韋應物在滁州，以酒寄全椒山中道士，作詩云：『今朝郡齋冷，忽念山中客。澗底束荊薪，歸來煮白石。欲持一樽酒，遠慰風雨夕。落葉滿空山，何處尋行跡。』其爲高妙超詣，固不容誇說，而結尾兩句，非復言語思索可到。』(常振國編《歷代詩話論作家》(一)，第 42 條，頁 428)

5、《詩境總論》：盈盈秋水，淡淡春山，將韋詩陳對其間，自覺形神無間。(常振國編《歷代詩話論作家》(三)，第 27 條，頁 382)

6、《韻語陽秋》卷十三：白樂天〈九江春望〉詩云：『爐煙豈異終南色，盆草寧殊渭北春』蓋不忘蔡渡舊居也。(常振國編《歷代詩話論作家》(二)，第 65 條，頁 25)

7、《南濠詩話》：劉長卿〈餘干旅舍〉云：「搖落暮天迥，丹楓霜葉稀。孤城向水閉，獨鳥背人飛。渡口月初上，鄰家漁未歸。鄉心正欲絕，何處擣征衣。」張籍〈宿江上館〉云：「楚驛南渡口，夜深來客稀。月明見潮上，江靜覺鷗飛。旅宿今已遠，此行殊未歸。離家久無信，又聽擣征衣。」二詩皆奇，而偶似次韻，尤可喜也。(常振國編《歷代詩話論作家》(三)，第 1 條，頁 360。)

8、《四溟詩話》卷四：劉長卿〈送道標上人歸南岳〉詩曰：「悠然倚孤櫂，卻憶臥中林。江草將歸遠，湘山獨往深。

白雲留不住，綠水去無心。衡岳千峰亂，禪房何處尋？」
此作雅淡有味，但虛字太多，體格稍弱。（常振國編《歷
代詩話論作家》（三），第 8 條，頁 362。）

以上所舉《冷齋夜話》《彥周詩話》等詩話中，所評的柳宗元、韋應
物、白居易和劉長卿等中唐詩人的山水詩作中，詩評家所評的山水詩
相關詩句，雖在概念上為山水詩，但落實到實際批評時，其隻字片語
中卻未指明「山水詩」之名稱。在 1 例中，《冷齋夜話》引柳宗元〈漁
翁〉一詩，並引東坡「熟味此詩，有奇趣」之語評之，而未見稱此詩
為「山水詩」。2 例和 3 例中，《彥周詩話》和《竹莊詩話》亦分別引
柳宗元〈晨詣超師院讀佛經〉和〈南澗〉之詩例，而未見其以「山水
詩」稱之。其他例中，所舉韋應物〈寄全椒山中道士〉白樂天〈九江
春望〉劉長卿〈餘干旅舍〉、〈送道標上人歸南岳〉張籍〈宿江上館〉
諸詩，實未見詩論家呼其為「山水詩」之名也，僅見或「其為高妙超
詣」，或「自覺形神無間」，或「此作雅淡有味」諸評語耳。由此可見
中唐詩人在創作類似現今所謂山水詩概念的詩作在古代文評中尚未
成為一類別。因此「山水詩」這一類別可能是後人在寫文學史時為了
方便說明而提出的概念。

在清代有類似山水詩的概念，但卻稱之為「遊覽詩」，如清代葉
燮《原詩》卷四所云：

遊覽詩切不可作應酬山水語。如一幅畫圖，名手各各自有
筆法，不可錯雜。又名山五岳，又各各自有性情氣象，不
可移換。作詩者以此二種心法，默契神會；又須步步不可
忘我是遊山人，然後山水之性情氣象、種種狀貌、變態影
響，皆從我目所見、耳所聽、足所履而出，是之謂遊覽。
且天地之生是山水也，其幽遠奇險，天地亦不能自剖其妙，
自有此人之耳目手足一歷之，而山水之妙始洩。如此，方
無愧於遊覽，方無愧於遊覽之詩。〔註24〕

〔註24〕葉燮《原詩》卷四外篇下，詳見王夫之等撰：《清詩話》（上海：上
海古籍出版社，1999 年 6 月第 1 版），頁 606～607。

此段話所論述的詩人與所見所聞的自然現象的關係，文中所謂「山水之性情氣象、種種狀貌、變態影響，皆從我目所見、耳所聽、足所履而出，是謂之遊覽」此段描述已將詩人在面對山水時，主觀抒情和客觀描寫交融在一起，「而山水之妙始洩」，故而「方無愧於遊覽，方無愧於遊覽之詩」。由此可明確看出葉燮將山水詩和遊覽詩等同起來。

若再從選本的角度觀察，編選者或許可能在分類中立一名目「山水詩」來討論。今人孫琴安從目前可知的六百多種古代唐詩選本中，歸納出幾種體例的編排，或從音韻的角度，或從內容題材，或從藝術風格，或從詩體，或從詩人先後，或從時代先後或藝術風格結合，或初盛中晚內又分詩體，或從詩體內又分初盛中晚等。〔註25〕其中筆者從內容題材的選本考察，試看是否有山水詩一類？例子如下：

1、宋趙孟奎撰《分門纂類唐歌詩》：此書依「天地山川」「草木蟲魚」「朝會宮闕」「經史詩集」「城郭園廬」「仙釋觀寺」「服食器用」「兵師邊塞」等類編次。(《唐詩選本提要》，頁52)

2、明敖英《類編唐詩七言絕句》：此書依「弔古」「送別」「寄贈」「懷思」「游覽」「紀行」「征戍」「寫懷」「悲感」「隱逸」「宮詞」「閨情」「時序」「雜詠」「道釋」等十五類內容題材編排。(《唐詩選本提要》，頁92)

3、明張之象撰《唐詩類苑》：本書卷一至卷八之天部則分「日」「月」「星」「雲」「風」「雲」「雷」「雨」「雪」「陰」「霽」「虹」「霧」「露」「霜」「水」「火」「煙」等，卷二四至二七地部則分「郊」「原」「村」「野」「林」「園」「苑」「關」「峽」「石」「塵」「道路」「陌」「徑」「岸」「田」「陵墓」(《唐詩選本提要》，頁117)

4、清蔣伊《唐詩類苑纂》：本書共分「仁」「義」「禮」「智」「信」五集，集下又分部，如「仁」集下再分「天」「地」「山」「水」各部。(《唐詩選本提要》，頁273)

〔註25〕孫琴安：《唐詩選本提要》(上海：上海書店出版社，2005年1月)，頁2～3。

5、清胡以梅《唐詩貫珠》：此書在編排上有意模倣《文選》，
　　全用分類，如「倡酬」「寄懷」「旅懷」等。（《唐詩選本提
　　要》，頁 292）

《分門纂類唐歌詩》之選本中，將唐詩分成「天地山川」「草木蟲魚」
等八類，其中「天地山川」一類與山水詩概念較爲接近。《類編唐詩
七言絕句》中，將七絕分成「弔古」「送別」……等十五類，其中「游
覽」「紀行」較接近山水詩之概念。《唐詩類苑》選本中，分天地兩大
類，山水詩概念尚未突顯出來。《唐詩類苑纂》中，共分「仁」「義」
「禮」「智」「信」五集，集下再分「天」「地」「山」「水」各部，如
此則較難看出山水詩一類來。《唐詩貫珠》有意模倣《文選》，而《昭
明文選》將詩分成「補亡」「述德」「勸勵」「獻詩」「公宴」「祖餞」
「詠史」「游仙」「招隱」「反招隱」「遊覽」「詠懷」「哀傷」「贈答」
「行旅」「軍戎」「郊廟」「樂府」「挽歌」「雜歌」「雜詩」「雜擬」等
二十二類，其中「遊覽」和「行旅」兩類較接近山水詩概念。因此由
以上所舉從宋至清代之唐詩選本中，就內容題材編排上，無法找到山
水一類，僅能找到類似概念——遊覽詩。

　　筆者認爲，山水詩之名在清代以前，除了盛中唐的王昌齡或白居
易曾提及山水詩之名外，其餘在史書〔註26〕或詩話或唐詩選本等文獻
材料卻未睹其蹤，只能找到其化身爲行旅或遊覽等面目出現。〔註27〕
故以山水詩爲一類別來進行系統性的論述可能來自民國後的文學
史、分類辭典或山水詩史裏。

　　經以上的討論可得知山水詩是民國後的研究者所整理而歸納統一
的方便名稱。而本論文亦以同樣方法歸納出山水詩的定義，儘量力求完
備，畢竟正如朱光潛所言「藝術是變化無窮的，不容易納到幾個很簡賅

〔註26〕以中研院漢籍電子文獻中的「二十五史」資料庫爲檢索對象，輸入
　　　　關鍵字山水詩，結果未顯示任何條例。
〔註27〕如山水詩人謝靈運的作品，主要被《昭明文選》編入遊覽和行旅兩
　　　　類。詳見李亮著：《詩畫同源與山水文化》（北京：中華書局，2004
　　　　年），頁218。

固定的公式裏去。」〔註28〕以下則整理幾位研究者的定義，再加上筆者
的意見，應可得出較妥善的山水詩界定。林文月在《山水與古典》云：

> 顧名思義，所謂「山水詩」，應是指「模山範水」（文心雕龍
> 物色篇）類的詩而言，爲取材於大自然的山山水水，乃至草
> 木花卉鳥獸者。換言之，它的內容宜包括大自然的一切現
> 象。……在我們的觀念上，「山水詩」是指南朝宋齊那一段時
> 期的風景詩而言……至於唐代歌詠自然的詩，實際上是六朝
> 的田園詩和山水詩匯合以後發揚擴張的結果，雖則無法盡去
> 六朝山水詩人的影響，卻也有不同於所謂「山水詩」。〔註29〕

這段話說明了山水詩的廣義與狹義的界定：廣義的山水詩在內容方面
宜包括大自然的一切現象，即大自然的山山水水，乃至草木花卉鳥獸
者。狹義的山水詩是指南朝宋齊那一段時期的風景詩。在理論上這樣
的定義似乎已抓住其精要，然落實到實際作品之判斷時，則仍有商榷
之處。山水詩是否就純寫自然景象呢？如劉長卿〈登揚州栖靈（一作
西巖）寺塔〉一詩所云：

> 北塔凌空虛，雄觀壓川澤。亭亭楚雲外，千里看不隔。遙
> 對黃金臺，浮輝亂相射。盤梯接元氣，半壁棲夜魄。稍登
> 諸劫盡，若騁排霄（一作霜）翮。向是滄洲人，已爲青雲
> 客。雨飛千棋霽，日在萬家夕。鳥處高卻低，天涯遠如迫。
> 江流入空翠，海嶠現微碧。向暮期下來，誰堪復行役。（《全
> 唐詩》卷149，頁1544）

就內容而言，詩人將其登寺塔時所見之風景細緻描述出來，使用了空
虛、川澤、楚雲、浮輝、元氣、夜魄、雨飛、日在、鳥處、江流、空
翠、海嶠等一切關於自然現象的字詞，然其間亦描寫與自然現象相關
之人文景觀，如北塔、雄觀、黃金臺、盤梯、半壁等非自然之現象。
顯見林文月的定義稍有不足。類此的說法尚可舉出數例：

〔註28〕朱光潛著：《朱光潛美學文集》第二卷（上海：上海文藝出版，1989
年），136頁。
〔註29〕林文月：《山水與古典》（臺北市：純文學，民國73年），頁23。

　　李文初等《中國山水詩史》：第一，山水描寫的份量在全詩
　　中還只占少數，即在題材上尚未成爲一首詩的主要表現對
　　象。第二，這類詩作有關山水的描寫，或當作藝術調上的
　　陪襯、烘托、渲染，或出自詩人的想像，或囿於園林（人
　　造山水）的有限天地，詩人們尚未將筆墨直接訴諸自然山
　　水本身：這與東晉以來人們考槃山林，直接面對山水，著
　　意追求山水之美的情趣是不一樣的。一句話，只有到了東
　　晉，自然山水才眞正成爲詩人的主要審美對象。以上兩條，
　　可當作我們判斷一首詩是否山水詩的基本標準。〔註30〕

李文初等《中國山水詩史》提出兩條判斷山水詩的標準：一條是山水
必須是一首詩的主要表現對象，另一條則爲詩人將筆墨直接訴諸自然
山水本身。又：

　　丁成泉《中國山水詩史》：「山水詩，顧名思義，是歌詠山
　　川景物的詩，是以山河湖海，風露花草，鳥獸蟲魚等大自
　　然的事物爲題材，描繪出牠們的生動形象，藝術再現大自
　　然之的美，表現作者審美情趣的詩歌。而那些僅僅以自然
　　景物爲比興的材料，作爲言志抒情的媒介的，不能列入山
　　水詩的範圍。」〔註31〕

丁成泉《中國山水詩史》認爲山水詩主要表現以山河湖海，風露花草，
鳥獸蟲魚等大自然的事物爲藝術之美的詩歌。又：

　　方芳〈山水詩的界定〉：分析到此，可以給廣義的山水詩下
　　一個定義：即詩人在親臨山水的過程中，將自然山水景物
　　作爲主要的表現對象，體現詩人思想情感的山水景物描寫
　　應占詩的篇幅一半以上的抒情詩。〔註32〕

方芳認爲廣義山水詩的定義有兩個要點：一是以自然山水景物作爲主要

〔註30〕李文初等：《中國山水詩史》（廣東省：廣東高等教育出版，1991 年），
　　　　頁 1。
〔註31〕丁成泉：《中國山水詩史》（臺北市：文津，1995 年），頁 7。另外，
　　　　丁成泉亦輯注《中國山水田園詩集成》（武漢市：湖北教育，2003 年）
〔註32〕方芳〈山水詩的界定〉，樂山師範學院學報，第 17 卷第 2 期，2002
　　　　年 4 月，頁 47。

的表現對象，二是採比例原則，即山水景物描寫應佔一半以上的篇幅。

　　以上所舉的四種說法皆忽略了自然現象中的人文景觀，鑑此，林文月的山水詩定義應再將「大自然的一切現象」修正為「一切自然現象，其中亦包含人文景觀的點綴，尤其是道佛文化的人文建築，如寺廟塔觀，詩中所描述的是以自然風景為主而以人文景觀為輔，當落實到作品判斷時，則應把人文景觀列入考量，並體會詩人在面對景觀的情感」，如此似較完滿。

　　與筆者看法一致的可舉陶文鵬、張秉戌等人為例：

　　陶文鵬、韋鳳娟主編《靈境詩心──中國古代山水詩史》：
　　「山水詩，就是以自然山水為主要審美對象與表現對象的
　　詩歌。<u>山水詩並不僅限於描山畫水，它還描繪與山水密切
　　相關的其他自然景物和人文景觀。</u>」〔註33〕

　　張秉戌主編《山水詩歌鑑賞辭典》：以自然山水為其審美對
　　象，以自然山水為其題材，它是寫山寫水，寫出一個比較
　　廣闊的天地，不是只寫一花一草，一木一石的；<u>同時它既
　　要描寫出自然景觀，又要表現與自然山水有關的人文景
　　觀，即表現出來的不是單純的自然山水，而是「詩人化」
　　了的自然風光。</u>〔註34〕

陶氏和張氏之言已明顯指出山水詩不只描山摹水而言，與自然相關的花草木石，甚至與山水有關的人文景觀亦融攝在內。

　　至此，筆者可作一較為周延的山水詩定義：狹義來說，<u>山水詩是專指南朝時期新穎題材的詩歌</u>，前此並未有大量山水詩創作，所謂「莊老告退，山水方滋」。先驅者謝靈運沖淡了魏晉玄言詩的枯燥說理，透過大量創作以自然景物為審美對象的山水詩，奠定其「山水詩祭酒」的開創性地位，從而使後人注意到山水詩這一類的題材內容。廣義來

〔註33〕陶文鵬、韋鳳娟主編：《靈境詩心──中國古代山水詩史》，〈導言〉，
　　　　頁1，2005年。
〔註34〕張秉戌主編：《山水詩歌鑑賞辭典》前言及正文 2 頁，（北京市：中
　　　　國旅遊出版社，1989 年 10 月）

說，山水詩至少應把握二個原則：第一，內容以自然山水爲主要描寫
對象，第二，自然山水中的審美對象除了<u>生物性</u>的鳥獸蟲魚、花木草
竹和<u>非生物性</u>的日月風雪、山川石沙外，亦包含點綴其間的亭台樓
閣、寺廟道觀等人文景觀。

　　在確定好山水詩定義後，必須就定義所範圍之山水詩作一整理，
凡有爭議或界限模糊者儘量捨棄不談，以免節外生枝之勞。筆者將重
心放在這一群體詩人的山水詩作，企圖依各種角度切入，得出較爲完
滿的文學解讀。

第二章　中唐山水詩探源

　　就整個中國山水詩史觀察，唐代是山水詩的第一藝術高峰。〔註1〕
唐代以安史之亂爲分水嶺，劃分爲前後兩期，前期可分初唐、盛唐兩
階段，後期則分爲中唐、晚唐兩階段。中唐在安史之亂後，唐詩史進
程上，主要分爲元白及韓孟等二大詩派。山水詩發展到中唐時期，受
到各個詩人的個性、心境之差異，且外圍的政治經濟社會等因素之影
響，必然呈現出不同之山水詩風貌。中唐詩人擅寫山水者，要屬韋應
物、柳宗元、劉禹錫等詩人。這只是大家較爲熟知的山水詩創作詩人，
除此之外，尚有許多詩人對山水的歌詠是我們所忽略的。

　　而山水詩的發展中，亦必有內在的繼承關係，後代透過山水詩作
品向前代模倣學習，代代相傳，形成一山水詩文化生命。鑑此，當我
們想深入地探討中唐山水詩的內涵或藝術特色時，理應對中唐之前的
各個時期作一完整概念之梳理，從中或可發現關於中唐山水詩的主要
特點。本章分「先秦兩漢之山水詩萌芽」、「魏晉南朝之山水詩產生」、
「唐前期之山水詩」等三節來探討，行文中主要根據山水詩相關作品
來進行論述，一方面可看出山水詩嬗變之內在理路，一方面可藉由發
展軌跡來理清中唐山水詩別於其他歷史階段之特點。

〔註1〕參陶文鵬、韋鳳娟主編：《靈境詩心——中國古代山水詩史》，其書將
　　　唐代劃分爲山水詩的第一個藝術高峰。

第一節　先秦兩漢之山水詩萌芽

本節主要討論山水詩在先秦兩漢時期的萌芽階段。筆者主要是透過先秦時期北方文學代表的《詩經》和南方文學代表的《楚辭》和漢代大一統的新興文學代表—漢賦等作品中的山水詩句爲探究核心，以掌握當時的山水文化意識。

一、《詩經》中的山水呈現

《詩經》記錄西周時期至春秋中葉約五六百年間的周人生活，其間的山水詩句中可整理出他們的山水意識。以下我將作一系統性的分析。

（一）透過山水與天對話

周人對天的概念是具體展現在對山水自然現象的反應之中。各種不可預知的自然現象如山崩、豪雨、閃電、水患、飢荒等，他們往往恐懼之而不知所措，認爲在人世之外有一股神秘力量在操控，周人稱之爲「天」。天與人的關係時而對立，時而和諧。當人們與自然對立時，詩人則發出「天降喪亂，饑饉薦臻。」〔註2〕（《大雅・雲漢》）、「瞻卬昊天，則不我惠。孔塡不寧，降此大厲。」（《大雅・瞻卬》）的呼嚎聲，與自然和諧時，則表達「崧高維嶽，駿極于天。」（《大雅・崧高》）、「自天降康，豐年穰穰。」（《商頌・烈祖》）的歡樂歌頌。

周人對自我生命無法獲得安頓時，對天則充滿一種敬畏之心態，透過祭祀的儀式，傳達對天的崇拜。《周頌・我將》所云：「我將我享，維羊維牛，維天其右之。」山水是自然現象的一部份，於是周人在詩中往往透過山水的比喻藉以消除內心之惶恐。如《小雅・天保》所云：

> 天保定爾，亦孔之固：俾爾單厚，何福不除？俾爾多益，
> 以莫不庶。天保定爾，俾爾戩穀：罄無不宜，受天百祿。
> 降爾遐福，維日不足。天保定爾，以莫不興：如山如阜，

〔註2〕李學勤主編：《十三經注疏・毛詩正義》下冊（北京：北京大學出版社，1999年12月），頁1193。以下所引詩經版本，皆依據此注本。

如岡如陵，如川之方至，以莫不增。吉蠲爲饎，是用孝享；
禴祠烝嘗，于公先王。君曰：「卜爾，萬壽無疆。」神之弔
矣，詒爾多福；民之質矣，日用飲食。群黎百姓，遍爲爾
德。如月之恆，如日之升；如南山之壽，不騫不崩；如松
柏之茂，無不爾或承。

人們在實際生活中，有時會面臨人力無法掌控的變數，爲求內心安定
的依靠而向上天喊話，所以詩人運用「如山如阜，如岡如陵，如川之
方至……如南山之壽，不騫不崩」等比喻句型，強調人心與山水的安
定性是一致的，於是山水就成了人們和上天之間的中介者。山水安定
代表上天保佑，詩中所謂「天保定爾」。但山水若發生變化，則內心
亦隨之害怕。如《小雅‧十月之交》所描述：「燁燁震電，不寧不令。
百川沸騰，山冢崒崩。高岸爲谷，深谷爲陵。哀今之人，胡憯莫懲！」
這些可怕的川沸山崩的景象，在周人觀念**裏**，是由於「四國無政，不
用其良」的緣故，因而山水也染上了政治色彩，反映了天人感應的思
想，在不安定的年代，需要上天的降福，詩曰「受天百祿，降爾遐福」。

（二）山水是人們經濟生活之主要來源

山水現象在周人心目中除了反映社會人心安定或惶恐外，山水本
身尚蘊含生命物資的重要來源。如：

山有嘉卉，侯栗侯梅。(《小雅‧四月》)

山有榛，隰有苓。(《邶風‧簡兮》)

終南何有？有條有梅。(《秦風‧終南》)

丘中有麻……。丘中有麥……。丘中有李……。(《王風‧丘
中有麻》)

以上詩句說明山中孕育著卉、栗、梅、榛、苓、條、麻、麥、李等多
樣植物，可供人們採食以維持生命成長，既然深山**裏**頭蘊含如此豐富
資源，詩人便把他們的勞動生活描述下來：

陟彼南山，言采其蕨。(《召南‧草蟲》)

陟彼阿丘，言采其蝱。(《鄘風‧載馳》)

　　陟彼北山，言采其杞。(《小雅·北山》)

　　采苓采苓，首陽之巔。(《唐風·采苓》)

爲了生存，周人不只冒著生命危險「陟彼南山」，攀登高山去採收蕨、
虻、杞、苓等食材，在水邊所生長的植物亦是生活之必需品。詩人將
他們采蘋的生活記錄下來：

　　遵彼汝墳，伐其條枚。(《周南·汝墳》)

　　于以采蘋，南澗之濱。于以采藻？于彼行潦。(《召南·采蘋》)

　　彼澤之陂，有蒲有荷。(《陳風·澤陂》)

　　彼汾沮洳，言采其莫。(《魏風·汾沮洳》)

　　于以采蘩？于沼于沚。(《召南·采蘩》)

　　觱沸檻泉，言采其芹。(《小雅·采菽》)

他們到「汝墳」、「南澗之濱」、「澤之陂」、「汾沮洳」、「于沼于沚」、「檻
泉」等河岸堤防邊，采食了枚、藻、蘋、蒲、荷、莫、蘩、芹等多種
藥草果菜等植物以裹腹，而水中的魚亦是當時的人間美味：

　　敝笱在梁，其魚魴鰥。(《齊風·敝笱》)

　　猗與漆沮，潛有多魚。有鱣有鮪，鰷鱨鰋鯉。

　　以享以祀，以介景福。(《周頌·潛》)

先民使用捕魚工具「敝笱」在橋樑上抓魚，水裏有各樣的魚，在食用
之前可先祭祀，再來食用，希冀上天賜福。

（三）山水之大可抒發人類情感

　　山水現象對周人來說，只是功利性的目的，他們透過山水以穩定
內心，向天祈求不要降臨災難，同時山水又是維持生命成長的自然資
源，可供採集和捕魚。除此之外，在人類文明的發展過程中，十八世
紀工業革命後，機械取代人力，生產動力由過去的人力、畜力、風力、
水力爲主要方法，進展到機械動力生產，爲了產量增加，符合自由貿
易發展，於是在歐洲先引發了重要的人類經濟變革，歷史學家稱之爲
「機器時代」。這種全面性的人類生活改變是當時的中國祖先——周

民族或世界其他文明所難以想像的。所以在先秦的樸實年代裏，人們所思索最重要的生活問題則是填飽肚子的簡單需求。而在追求生存發展的同時，往往也會遇到生活的各項挑戰，也不得不向神秘力量祈求協助，故在《詩經》裏常有「神之弔矣，詒爾多福」、「降爾遐福，維日不足」、「神之聽之，介爾景福。」（《小雅・小明》）等語句，呼喚上天的保祐。

　　山水除了提供周人物質生活之外，〔註3〕周人在實際的生活經驗中，有時也會在詩中表達山水的浩渺情狀，藉以抒發人們的情感。《小雅・沔水》說：

沔彼流水，朝宗于海。鴥彼飛隼，載飛載止。
嗟我兄弟，邦人諸友。莫肯念亂，誰無父母！
沔彼流水，其流湯湯。鴥彼飛隼，載飛載揚。
念彼不蹟，載起載行。心之憂矣，不可弭忘。
鴥彼飛隼，率彼中陵。民之訛言，寧莫之懲。
我友敬矣，讒言其興。

本詩主旨為「我友敬矣，讒言其興」，勸戒友朋，憂亂畏讒。詩人憂慮在各種倫理關係中，讒言四起將造成彼此間的猜忌，現在政治社會已發生爭亂，「嗟我兄弟，邦人諸友。莫肯念亂，誰無父母！」所以「心之憂矣，不可弭忘。」詩一開篇「沔彼流水，朝宗于海」二句透過廣大無涯的流水匯入大海的景象使人內心為之開闊放達，其後「沔彼流水，其流湯湯。」再次強調水流盛大滿溢之氣勢，可消減詩人的憂傷心緒，將自然之大與小人讒言之狹小心胸「民之訛言，寧莫之懲」，兩種情境形成鮮明對照，如此可降低內心之鬱悶。這就是山水

〔註3〕當然周人物質生活不只是採集捕魚而已，主要的生活仍以農耕為主。如《周頌・噫嘻》所云：「噫嘻成王，既昭假爾。率時農夫，播厥百穀。駿發爾私，終三十里。亦服爾耕，十千維耦。」又《豳風・七月》所云：「八月剝棗，十月穫稻⋯⋯其始播百穀。」以上詩句說明周代是一種以農耕為業的社會結構，由於論及山水對人們的影響，故此部份可略而不談，以免橫生枝節。

資源帶給他們的精神生活的調劑。再看《衛風・竹竿》：

籊籊竹竿，以釣于淇。豈不爾思？遠莫致之。

泉源在左，淇水在右。女子有行，遠兄弟父母。

淇水在右，泉源在左。巧笑之瑳，佩玉之儺。

淇水滺滺，檜楫松舟。駕言出遊，以寫我憂。

此詩主要是描寫一位痴心男子思念出嫁女子的憂傷心情。「籊籊竹竿，以釣于淇。」兩句點明了男子握著細長的竹竿在淇水邊垂釣，可是心不在垂釣上，而是他心愛的女子因出嫁而遠離他，「豈不爾思？遠莫致之。」也遠離父母，「女子有行，遠兄弟父母。」最後他決定駕舟出遊以抒解煩悶。全詩中「淇水在右」等七句皆強調淇水的方位與狀態，目的是透過廣袤之淇水以舒展其心胸，消除心中憂愁，「以寫我憂」。

由上二詩所提及廣大之水皆可藉以洩憂，而高廣之山亦有同樣效果。如《魏風・陟岵》所曰：

陟彼岵兮，瞻望父兮。父曰：「嗟！予子行役，夙夜無已。

上慎旃哉！猶來無止。」

陟彼屺兮，瞻望母兮。母曰：「嗟！予季行役，夙夜無寐。

上慎旃哉！猶來無棄。」

陟彼岡兮，瞻望兄兮。兄曰：「嗟！予弟行役，夙夜必偕。

上慎旃哉！猶來無死。」

詩中描寫一位行役在外的男子因思念其家人而登上高山遠眺，以抒解其內心之鬱煩。父曰、母曰、兄曰等三句，說明遠眺後才有的懷想，懷想當年離家時家人的殷殷叮念「猶來無止」，出差在外，趕快回來。高山給男子無限的想像空間，撫慰了他思念家人的不安心靈。又《召南・草蟲》云：

喓喓草蟲，趯趯阜螽。未見君子，憂心忡忡。亦既見止，

亦既覯止，我心則降！

陟彼南山，言采其蕨。未見君子，憂心惙惙。亦既見止，

亦既覯止，我心則說！

陟彼南山，言采其薇。未見君子，我心傷悲。亦既見止，

　　亦既覯止，我心則夷！

此詩敘寫一位女子登上南山採食蕨薇，但心不在這，而在心愛的男子，她說「未見君子，憂心惙惙」，接著呈述「亦既覯止，我心則說！」終於見到了他，所以內心喜悅。南山不僅提供他們物質生活，也滿足男女愛情的精神生活。

　　雖說《詩經》中有些詩篇提到了山水自然現象，但詩人主要關注的焦點並非山水景物本身之美，而在抒發其個人的各類情感，上述《小雅・沔水》等詩皆是。山水景物在詩中的角色只是陪襯，如同配角，而記錄那時代質樸的現實生活，描繪其思想感情才是主旨。其他如：

　　南山烈烈，飄風發發。(《小雅・蓼莪》)

　　南山崔崔，雄狐綏綏。(《齊風・南山》)

　　秩秩斯干，幽幽南山。(《小雅・斯干》)

　　揚之水，白石鑿鑿。(《唐風・揚之水》)

　　我徂東山，慆慆不歸。(《豳風・東山》)

　　如山如阜，如岡如陵，如川之方至，以莫不增。(《小雅・天保》)

　　王旅嘽嘽，如飛如翰，如江如漢，如山之苞，如川之流，綿綿翼翼。(《大雅・常武》)

　　鳳皇鳴矣，于彼高岡。(《大雅・卷阿》)

這些詩句雖提及山水景物，然不以審美觀賞為主要目的而是為個人情感而設。《小雅・蓼莪》寫報答父母之情，《齊風・南山》反映當時的政治故事，抒發對國家之情的關懷，《小雅・斯干》歌頌宮室落成有如南山高聳，《唐風・揚之水》表達與愛人相見的渴望，《豳風・東山》寫久征將歸的軍人的懷鄉之情，《小雅・天保》為君王祈福，表達一種關懷國家之情，《大雅・常武》記述君王討伐叛軍的過程，展現對國家的關懷，《大雅・卷阿》寫周王率群臣出遊卷阿，鳳鳴高岡可作為國家安定的隱語。

　　因此《詩經》的基本內容尚未針對山林之美有所歌頌，主要還是

在人文現實生活，表達的是先民質樸無華的眞實情感。

二、《楚辭》中的山水呈現

　　《楚辭》是繼《詩經》之後在南方所興起的一種新詩體。若說《詩經》反映的是黃河流域中原文化的現實生活，那麼以屈原爲代表的楚辭則充滿江淮流域一帶的地方色彩。〔註4〕據班固《漢書·地理志》所云：

> 楚有江漢川澤山林之饒；江南地廣，或火耕水耨。民食魚稻，以漁獵山伐爲業，果蓏蠃蛤，食物常足。故呰窳偷生，而亡積聚，飲食還給，不憂凍餓，亦亡千金之家。信巫鬼，重淫祀。而漢中淫失枝柱，與巴蜀同俗。汝南之別，皆急疾有氣勢。江陵，故郢都，西通巫、巴，東有雲夢之饒，亦一都會也。〔註5〕

相對於中原文化的北方地區，南方的楚國則是落後的偏遠地方。人煙稀少，自然山水資源豐富，在文化較少影響的楚地來說，他們「信巫鬼，重淫祀。」對於神秘力量抱持高度的信仰，當所處的自然環境面臨遽變時，他們感到人力之微薄，於是將自我的信仰寄託於外界的各種物體，如山有山神，水有河神，土有土神，楚人必須藉由祭祀儀式向祂們對話，如《九歌》就是一套祭祀鬼神的舞曲，〔註6〕〈東皇太

〔註4〕〔清〕紀昀總纂：《四庫全書總目提要》（河北：河北人民出版社，1989年），第四冊，頁3813。其書在《楚辭章句十七卷》項下云：「……初，劉向裒集屈原《離騷》、《九歌》、《天問》、《九章》、《遠遊》、《卜居》、《漁父》，宋玉《九辯》、《招魂》，景差《大招》，而以賈誼《惜誓》、淮南小山《招隱士》、東方朔《七諫》、嚴忌《哀時命》、王褒《九懷》及向所作《九歎》，共爲《楚辭》十六篇，是爲總集之祖。」其書謂劉向將自己與屈原、宋玉、景差、賈誼、淮南小山、東方朔、嚴忌、王褒等人之作品合集爲楚辭，其中屈原作品最多且時代最早，故稱其爲楚辭之代表。

〔註5〕〔東漢〕班固撰：《漢書》（北京市：中華書局，民國86年），卷二十八下，地理志第八下，頁1666。

〔註6〕〔東漢〕王逸《楚辭章句》：「《九歌》者，屈原之所作也。昔楚國南郢之邑，沅、湘之間，其俗信鬼而好祠。其祠，必作歌樂鼓舞以樂諸神。屈原放逐，竄伏其域，懷憂苦毒，愁思沸鬱。出見俗人祭祀之禮，歌舞之樂，其詞鄙陋。因爲作《九歌》之曲，上陳事神之敬，

一）描繪娛神的儀式：

> 吉日兮辰良，穆將愉兮上皇。撫長劍兮玉珥，璆鏘鳴兮琳
> 琅。瑤席兮玉瑱，盍將把兮瓊芳。蕙肴蒸兮蘭藉，奠桂酒
> 兮椒漿。揚枹兮拊鼓，疏緩節兮安歌，陳竽瑟兮浩倡。靈
> 偃蹇兮姣服，芳菲菲兮滿堂。五音紛兮繁會，君欣欣兮樂
> 康。〔註7〕

整首詩細緻描寫一位巫師手握長劍，琳琅起舞，道服玉佩鏗鏘作響，供桌上擺滿了佳餚椒漿桂酒，加以歌唱擊鼓，一個隆重的迎神祭禮，期待神明歡欣降臨。

相較之下，《詩經》的作者是靠自然維生的平民百姓，具有非確定性，非一時一地一人，所反映的是質樸天真的現實生活，而《楚辭》作者則是像屈原、宋玉一類在官場失意的文人，加上所處的奇特多變的山水環境，所謂「楚有江漢川澤山林之饒，江南地廣」，因此比北方文化薈萃之地來得容易幻想，富有高度浪漫精神，內容具有超現實的天人關係，如寫到人神之戀的〈湘夫人〉〈湘君〉兩篇詩歌，表達「望夫君兮未來，吹參差兮誰思？」湘水神候人不來的悵惘之情。既然地理環境南北迥異不同，所以楚辭作者所展示的人文與自然的關係亦自相異，我們將從《楚辭》作品中所描寫的山水自然景物來探討其間之關係？

（一）山水植物象徵品德

《詩經》所提及的草木植物，大都是滿足自身的口腹之慾，以維持生命成長，但楚辭中的植物則是有品格高尚的象徵意義。如《離騷》：「紛吾既有此內美兮，又重之以修能。扈江離與闢芷兮，紉秋蘭以為佩。」〔註8〕屈原將「內美」、「修能」與「江離」「闢芷」「秋蘭」等香草並舉，

> 下見己之冤結，託之以風諫。故其文意不同，章句離錯，而廣異義
> 焉。」詳見〔宋〕洪興祖撰：《楚辭補注》（台北：漢京文化，民國
> 72年9月），頁54。
> 〔註7〕見〔宋〕洪興祖撰：《楚辭補注》（台北：漢京文化，民國72年9月），
> 頁55～56。
> 〔註8〕見〔宋〕洪興祖撰：《楚辭補注》（台北：漢京文化，民國72年9月），

暗示自己具有美好的品德，詩中所述的江邊香草並非是採食以養生，而是一種內在精神的發揚。採摘秋蘭後，將它佩戴在身上，以顯高貴的格調。《九章・思美人》中的芳草亦有品格高尚之暗示：

> 攬大薄之芳茝兮，搴長洲之宿莽。惜吾不及古人兮，吾誰與玩此芳草。解萹薄與雜菜兮，備以爲交佩。佩繽紛以繚轉兮，遂萎絕而離異。〔註9〕

屈原把古人的品德與芳草聯想在一起，謙稱自己不如古人高尚之情操，而芳草則是比喻自己。詩中列舉芳茝、宿莽、萹薄、雜菜等植物，前兩種爲香草，象徵忠臣，而後兩種則雜草，隱喻小人。忠臣佩戴香草，而奸臣則佩戴惡草，這些自然山水中的植物在屈原筆下已象徵爲品德的高貴或卑劣了。其他如：

> 制芰荷以爲衣兮，集芙蓉以爲裳。〈離騷〉
>
> 薋菉葹以盈室兮，判獨離而不服。〈離騷〉
>
> 山中人兮芳杜若，飲石泉兮蔭松柏。〈山鬼〉

第一句描寫以芰荷芙蓉等植物爲自己的衣裳，第二句是以薋菉葹等植物當作房屋的裝飾，第三句直接強調山中人猶如杜若一樣芬芳，處處可見屈原的文學技巧，將人的品性與山水自然植物作一聯結，含蓄委婉表達出自己的高風亮節。正如王逸《楚辭章句》所言：「《離騷》之文，依《詩》取興，引類譬諭，故善鳥香草，以配忠貞，惡禽臭物，以比讒佞。」〔註10〕

（二）山水與避世隱遁意識

中國知識分子自古以來在人生選擇上有「仕」和「隱」二條道路，官場得志時，選擇仕來發揮才能，不得志時，則退隱山林。屈原在官場上屢遭小人陷害，雖然選擇「仕」來展現對楚王的忠心，對國家的

頁4。

〔註9〕見〔宋〕洪興祖撰：《楚辭補注》（台北：漢京文化，民國72年9月），頁148。

〔註10〕見〔宋〕洪興祖撰：《楚辭補注》（台北：漢京文化，民國72年9月），頁2。

關懷，但仍敵不過黑暗勢力的侵襲，在離騷和九章等作品中透露出被
放逐後的憂心煩亂，〔註11〕從而有隱遁山林之想。如〈離騷〉：

> 世溷濁而不分兮，好蔽美而嫉妒；朝吾將濟于白水兮，登閬
> 風而緤馬。……何離心之可同兮，吾將遠逝以自疏；邅吾道
> 夫昆崙兮，路修遠以周流。……國無人莫我知兮，又何懷乎
> 故都？既莫足與爲美政兮，吾將從彭咸之所居。〔註12〕

屈原在官場上受小人嫉妒，他的高尚情操不見容於世，於是有了「吾
將遠逝以自疏」之逃離痛苦環境的想法，轉而投入山水自然之懷抱：
「朝吾將濟于白水兮」「邅吾道夫昆崙兮」、「吾將從彭咸之所居」。在
《九章・涉江》中亦表達了同樣的逸隱之志：

> 哀吾生之無樂兮，幽獨處乎山中，吾不能變心而從俗兮，
> 固將愁苦而終窮。〔註13〕

屈原對楚王一片赤心忠膽，可是政治場合中盡是一群「競進以貪婪」
（離騷）的奸佞小人，所以「哀吾生之無樂兮，幽獨處乎山中」。唯
有忘世於山中，不過他的暫時避隱山中是帶著愁苦，不能眞正忘懷楚
王，因此無奈地說出「固將愁苦而終窮」。又如：

> 心絓結而不解兮，思蹇產而不釋；將運舟而下浮兮，上洞
> 庭而下江。（《九章・哀郢》）

> 愁悄悄之常悲兮，翩冥冥之不可娛；凌大波而流風兮，托
> 彭咸之所居。上高巖之峭岸兮，處雌蜺之標顛。據青冥而
> 攄虹兮，遂儵忽而捫天。（《九章・悲回風》）

> 長瀨湍流溯江潭兮，狂顧南行聊以娛心兮；軫石崴嵬蹇吾

〔註11〕王逸《楚辭章句》楚辭卷第一云：「屈原執履忠貞而被讒襃，憂心煩
　　　　亂，不知所愬，乃作《離騷經》。……其子襄王，復用讒言，遷屈原
　　　　於江南。屈原放在草野，復作《九章》，援天引聖，以自證明，終不
　　　　見省。」見〔宋〕洪興祖撰：《楚辭補注》（台北：漢京文化，民國
　　　　72年9月），頁2。

〔註12〕見〔宋〕洪興祖撰：《楚辭補注》（台北：漢京文化，民國72年9月），
　　　　頁30。

〔註13〕見〔宋〕洪興祖撰：《楚辭補注》（台北：漢京文化，民國72年9月），
　　　　頁130～131。

愿兮，超回志度行隱進兮；低徊夷猶宿北姑兮，煩冤瞀容實沛徂兮。愁歎苦神靈遙思兮。路遠處幽又無行媒兮。道思作頌聊以自救兮。憂心不遂，斯言誰告兮。（《九章・抽思》）

在順境時，人通常會受環境制約而順應融入，但處於逆境且異己力量大於本身容忍時，往往產生跳脫之念頭，而屈原正是在如此不安的官場中求生存，在進諫言未受採納，反遭小人陷害，「忠湛湛而願進兮，妒被離而鄣之。」（〈哀郢〉）在面臨巨大身心煎磨後，作品呈現了他內心悲憤的怒吼，面對山水自然景物才是他短暫的歸宿。<u>因此寫作安排上，常並列「己悲而返山水」的緊鬆結構</u>。如《九章・哀郢》中，「心絓結而不解兮，思蹇產而不釋」兩句表己悲，心情是緊縮的，接著是鬆放，「將運舟而下浮兮，上洞庭而下江」顯示返歸山水，獲得暫時性的解脫。《九章・悲回風》和《九章・抽思》二例中，「愁悄悄之常悲兮，翩冥冥之不可娛」及「狂顧南行聊以娛心兮」示己悲，緊繃之情，而「凌大波而流風兮，托彭咸之所居」及「長瀨湍流溯江潭兮」則是返山水之追求，放脫之情。情緒上的收放，真實地透過並列結構呈現出來，讓人加倍體會其內心之痛，隱山水之暫適。

（三）山水與貶謫懷鄉情結

通常在首都任官，官務繁忙，人事紛擾，同事接觸多了之後，意見常有不合，於是大半精力皆花在人際關係上，而無暇親臨山水，體悟山水之趣。除非藉由調職或流放偏遠地區，才能真正接近自然山水。戰國時代屈原、宋玉皆有放逐的經歷，〔註14〕他們勢必在流放途中接觸過山水，亦有描寫山水相關的作品。但其作品是否能稱得上山水詩，抑或只能說是山水詩的胚胎？

東漢王逸在《楚辭章句・九章序》中說：「屈原放于江南之野，思君念國，憂心罔極，故復作〈九章〉」又在〈天問序〉中說：「屈原

〔註14〕〔西漢〕司馬遷：《史記》：「令尹子蘭聞之大怒，卒使上官大夫短屈原於頃襄王，頃襄王怒而遷之。」卷84，〈屈原賈生列傳第二十四〉，頁2485。

放逐，憂心愁悴，彷徨山澤，經歷陵陸，嗟號昊旻，仰天嘆息，……
以洩憤懣，舒瀉愁思。」〔註15〕顯示出屈原放逐於江南之野，遠離中
央政府郢都，雖稱不上是成功的政治家，但遷謫後有機會面對廣邈的
山澤陵陸，卻意外成就其至情至性的文學家。所以劉勰評其作品曰：
「屈平之所以洞監『風』、『騷』之情者，抑亦江山之助乎！」〔註16〕
可見在山水自然環境的陶冶下，使屈原的作品增添了許多內涵。

　　流放的漂泊生涯中，屈原無時無刻不想念故鄉，他曾說：「鳥飛
反故鄉兮，狐死必首丘。信非吾罪而棄逐兮，何日夜而忘之！」（哀
郢）於是常藉著山水景物抒發他的鄉愁。如〈涉江〉一詩則寫貶謫途
中之所感：

> ……哀南夷之莫吾知兮，旦余濟乎江湘。乘鄂渚而反顧兮，
> <u>欸秋冬之緒風</u>。步余馬兮山皋，邸余車兮方林。乘舲船余
> 上沅兮，齊吳榜以擊汰。船容與而不進兮，淹回水而疑滯。
> 朝發枉陼兮，夕宿辰陽。苟余心其端直兮，雖僻遠之何傷。
> 入漵浦余儃佪兮，迷不知吾所如。<u>深林杳以冥冥兮，猿狖</u>
> <u>之所居。山峻高以蔽日兮，下幽晦以多雨。霰雪紛其無垠</u>
> <u>兮，雲霏霏而承宇</u>。哀吾生之無樂兮，幽獨處乎山中。吾
> 不能變心而從俗兮，固將愁苦而終窮。……〔註17〕

「哀南夷之莫吾知兮，旦余濟乎江湘」兩句說明屈原受讒言所害而無
人明白其忠心之志，於是帶著委屈離開楚國，即將啟程前往僻遠之
地。〔註18〕而乘船途中經過重山疊嶺，茂密深林，層雲幽晦，多雨霰

〔註15〕分別見〔宋〕洪興祖撰：《楚辭補注》（台北：漢京文化，民國72年
　　　　9月），頁120和頁85。

〔註16〕詳見《文心雕龍》四十六〈物色篇〉，參〔梁〕劉勰著，陸侃如，牟
　　　　世金譯注：《文心雕龍譯注》（濟南：齊魯書社，1996年11月第2次
　　　　印刷），頁553。

〔註17〕〔宋〕洪興祖撰：《楚辭補注》（台北：漢京文化，民國72年9月），
　　　　頁129～131。

〔註18〕《史記‧屈原賈生列傳》記載：上官大夫見而欲奪之，屈平不與，
　　　　因讒之曰：「王使屈平為令，莫不知，每一令出，平伐其功，以為『非
　　　　我莫能為』也。」王怒而疏屈平。」，頁2481。

雪，不見天日的山水景象讓屈原惴慄不安，而郢都才是漂泊心靈的避風港，由此產生了懷鄉情結。詩中多處藉由山水自然景物抒發內心之愁悴。如「乘鄂渚而反顧兮，欸秋冬之緒風」寫屈原乘船離開時，還頻頻回望故都，襯以秋冬之寒風，場面十分淒涼。「船容與而不進兮，淹回水而疑滯」兩句述乘舟順水而下卻遇迴旋之水而難以前進，表面雖寫河川湍險，實寫不忍遠離家鄉。「入溆浦余儃佪兮，迷不知吾所如」再次強調遠離故鄉後的內心焦慮不安。接著再以隱喻手法道出「深林杳以冥冥兮，猿狖之所居」之句，野性的猿狖以深林為居，而忠貞的屈原亦應以楚都為鄉，不應離去。

　　上述諸句雖寫貶途時之山水景象，峻險幽晦，但卻寄寓內心恐懼愁苦之思鄉情懷，融情入景，山水因之帶有濃濃失意之惆悵意味。後世的山水詩抒寫流貶生活中的鄉愁主題，皆可能在屈原身上找到遺傳基因。再看宋玉〈九辯〉：

> 悲哉秋之為氣也！蕭瑟兮，草木搖落而變衰。憭慄兮，若在遠行。登山臨水兮，送將歸。泬寥兮，天高而氣清；寂寥兮，收潦而水清。憯悽增欷兮，薄寒之中人；愴怳懭悢兮，去故而就新；坎廩兮，貧士失職而志不平；廓落兮，羈旅而無友生；惆悵兮，而私自憐。〔註19〕

王逸《楚辭章句‧九辯》序曰：「宋玉者，屈原弟子也。閔惜其師，忠而放逐，故作《九辯》以述其志。」可見宋玉〈九辯〉主旨乃為感懷其師屈原而作，「憭慄兮」「坎廩兮」「廓落兮」等詞直述落拓文人的失落感。此等失落感是受悲秋的自然景色所引發。在登山臨水之際，所見則為天高氣清，收潦水清之大自然景象，加以秋天「草木搖落而變衰」的蕭條景象，更強化內心「泬寥兮」、「寂寥兮」的孤獨情調。孤獨失志之靈魂與秋天搖落的萬物衰景相應之下，雖被放逐遠行，然有「送將歸」的懷鄉之情。

〔註19〕〔宋〕洪興祖撰：《楚辭補注》（台北：漢京文化，民國72年9月），頁182～183。

〈九辯〉與〈涉江〉兩相比較之下，前者較強化秋天時節的衰亡景象，是一種視覺摹寫，而後者強調其「秋冬之緒風」，是一種觸覺感受。宋玉創造了後代在官場上失落文學家的悲秋意識，這是對屈原「欸秋冬之緒風」之句的進一步發揚。而這種悲秋意識通常是融入了自然山水景象之中，顯示了文人在政治上的挫敗，受小人構陷，正義無法伸張，哀憐國家即將晦暗的普遍心理。再深一層看，即使文人遭貶而流亡他鄉，仍心繫祖國的懷鄉情結。

綜上可知，楚辭所描寫的山水景物詩句中，主要在「以渫憤懣，舒瀉愁思」（天問序），無暇顧及山水之美的歌詠，且佔全詩比例甚少的山水詩句裏，焦點仍放在「竭知盡忠，而蔽鄣於讒」（卜居）之旨。因此《楚辭》尚不能稱作山水詩，我們可視爲山水詩之胚胎，具備生命，尚未成形。

三、漢賦中的山水呈現

經《詩經》《楚辭》之後，漢代興起了一種新的文學樣式──賦。班固說：「賦也者古詩之流也。」劉勰《文化雕龍‧詮賦》又說：「賦也者，受命於詩人，拓宇於《楚辭》者也。」〔註20〕兩種說法皆說明了漢賦與《詩經》《楚辭》的演變關係。關於山水景物的描寫在《詩經》《楚辭》中只是零星出現，且在技巧上，仍以比興手法爲主，山水景物在全詩中扮演了陪襯的角色，在《詩經》，它們是人類的衣食父母；而在《楚辭》，它們又成抒發情緒的特效藥。山水景物對這些作家來說，並無太大的審美價值，而之後的漢賦，它們又化身成什麼面貌呢？

劉勰《文化雕龍‧詮賦》說：「賦者，鋪也，鋪采摛文，體物寫志也。」說明了漢賦極力摹寫萬物細部的特點，如果說《詩經》《楚辭》在描寫山水景物時，是運用了比興手法，以景襯情，那麼在漢賦中，山水景物是否會被詩人極力的刻劃出來？而這些詩人是否眞正以

〔註20〕參梁劉勰著，陸侃如，牟世金譯注：《文心雕龍譯注》（濟南：齊魯書社，1996 年 11 月第 2 次印刷），頁 160。

審美的觀點來欣賞山水自然景象呢？以下筆者想從漢賦實際作品中來分析，唯有透過這樣的討論才能更進一步瞭解山水詩與漢賦的關係及其發展歷程之演變。

（一）山水與歌頌帝王——諷刺手法

在秦末楚漢相爭之後，劉邦打敗項羽開創了四百年國祚的漢代。開國之初，由於先前戰亂，元氣大傷，於是漢高祖實施與民休養生息的政策。到了漢武帝時代，好大喜功，開疆拓土，北伐匈奴，吞滅南越國，國土疆域大幅擴展。生活在政治較為安定，國力強盛的時代裏，文學家的作品中較少看到悲涼的哀嘆，在描寫山川景色時，大都是歌頌廣大壯麗，這是對帝王的歌功頌德的一種具體表現。辭賦家利用與皇帝打獵的機會，將真實接觸山林的細部面貌描繪下來，藝術技巧高超。如司馬相如〈上林賦〉所摹寫的山水景象：[註21]

> 君未睹夫巨麗也，獨不聞天子之上林乎？左蒼梧，右西極。丹水更其南，紫淵徑其北。終始灞滻，出入涇渭。酆鎬潦潏，紆餘委蛇，經營乎其內。蕩蕩乎八川分流，相背而異態。東西南北，馳騖往來。出乎椒丘之闕，行乎洲淤之浦。經乎桂林之中，過乎泱漭之壄。汨乎混流，順阿而下，赴隘陜之口。觸穹石，激堆埼，沸乎暴怒，洶涌彭湃。滭弗宓汩，偪側泌瀄。橫流逆折，轉騰潎洌。滂濞沆溉，穹隆雲橈，宛潬膠盭。踰波趨浥，莅莅下瀨。批巖衝擁，奔揚滯沛。臨坻注壑，瀺灂霣墜。沈沈隱隱，砰磅訇礚。潏潏淈淈，湁潗鼎沸。馳波跳沫，汩濦漂疾，悠遠長懷。寂漻無聲，肆乎永歸。然後灝溔潢漾，安翔徐回。翯乎滈滈，東注太湖，衍溢陂池。

這一段所描寫的水川景象可謂細膩，尤其從「觸穹石，激堆埼」以下數句，描繪水流蜿蜒曲折，時而盛大，水聲彭湃，時而跳沫，水聲滂濞，沈沈隱隱，千姿百態，最後水川流入太湖。寫高山崇嶺也是很高明：

> 於是乎崇山矗矗，巃嵷崔巍。深林巨木，嶄巖參嵳。九嵕

〔註21〕參見〔南朝梁〕蕭統主編：《昭明文選》（北京：華夏出版社，2000年2月），頁210～215。

> 巖陁，南山峩峩。巖阤甗錡，摧崣崛崎。振溪通谷，寒產
> 溝瀆。谽呀豁閜，阜陵別隖。崴磈嵔廆，丘虛堀礨。隱轔鬱
> 壘，登降施靡，陂池貏豸。沇溶淫鬻，散渙夷陸。亭皋千里，
> 靡不被築。揜以綠蕙，被以江蘺。糅以蘪蕪，雜以留夷。
> 布結縷，攢戾莎，揭車衡蘭，槀本射干。苴蕑蒦荷，葴持
> 若蓀。鮮支黃礫，蔣芧青薠。布濩閎澤，延曼太原。離靡
> 廣衍。應風披靡。吐芳揚烈，鬱鬱菲菲。眾香發越，肹蠁
> 布寫，晻薆咇茀。

此段高山的描寫，不僅寫其轟轟崔巍峩峩等高聳狀態，亦寫溪流山谷和山中植物芬芳。如「揜以綠蕙」以下至「蔣芧青薠」諸句，羅列了綠蕙江蘺蘪蕪留夷戾莎射干揭車衡蘭等多種香草。不過司馬相如極寫祖國山河壯麗偉大的背後，亦加入了富麗堂皇的宮殿建築。如：

> 於是乎<u>離宮別館，彌山跨谷</u>。高廊四注，重坐曲閣。華榱
> 璧璫，輦道纚屬。步櫩周流，長途中宿。<u>夷嵕築堂，累臺
> 增成</u>。

又如：

> 盧橘夏熟，黃甘橙楱。枇杷橪柿，樗柰厚朴。樗棗楊梅，
> 櫻桃蒲陶。隱夫薁棣，荅遝離支。<u>羅乎後宮，列乎北園</u>。

在風景秀麗的山川中，建築了後宮，後宮有食用不盡之美果，極盡豪侈之享樂生活。雖歌頌帝國壯大，但也隱含諷刺意味。〔註22〕

　　全詩約二千多字的篇幅中，歌詠山水自然景物所佔比例不高，司馬相如細部描繪山水的同時，其主旨仍放在諷刺帝王「若夫終日馳騁，勞神苦形。罷車馬之用，抏士卒之精。費府庫之財，而無德厚之恩。務在獨樂，不顧眾庶。忘國家之政，貪雉兔之獲。」然其摹寫山水之技巧可為後代山水詩人借鑑模倣。我們再看班固〈西都賦〉對山水自然環境的一段描繪：〔註23〕

〔註22〕〔南朝宋〕范曄：《後漢書》：「臣不敢有所據。竊見司馬相如、楊子
　　　　雲作辭賦以諷主上。」，卷80〈文苑列傳〉，〈杜篤傳〉，頁2595～2596。
〔註23〕參見〔南朝梁〕蕭統主編：《昭明文選》（北京：華夏出版社，2000
　　　　年2月），頁7。

封畿之內，厥土千里。連畽諸夏，兼其所有。其陽則崇山隱天，幽林穹谷。陸海珍藏，藍田美玉。商洛緣其隈，鄠杜濱其足。源泉灌注，陂池交屬。竹林果園，芳草甘木。郊野之富，號爲近蜀。其陰則冠以九嵕，陪以甘泉，乃有靈宮起乎其中。秦漢之所極觀，淵雲之所頌歎，於是乎存焉。下有鄭白之沃，衣食之源。提封五萬，疆埸綺分。溝塍刻鏤，原隰龍鱗。決渠降雨，荷插成雲。五穀垂穎，桑麻鋪棻。東郊則有通溝大漕，潰渭洞河。汎舟山東，控引淮湖，與海通波。西郊則有上囿禁苑，林麓藪澤，陂池連乎蜀漢。繚以周**墙**，四百餘里。離宮別館，三十六所。神池靈沼，往往而在。其中乃有九眞之麟，大宛之馬。黃支之犀，條支之鳥。踰崑崙，越巨海。殊方異類，至於三萬里。

一開頭先歌頌國土廣大，「封畿之內，厥土千里」。接著是山水景物的舖陳，井然有序地依立體空間來排列，其陽……，其陰……，下有……，東郊則有……，西郊則有……，其中乃有……。這樣的空間舖陳手法有效地把國土的四方八宇都涵蓋了。不過，班固藉由美麗的山河，暗示漢朝的富庶強盛，物產豐隆，所謂「竹林果園，芳草甘木。郊野之富，號爲近蜀。」山水間又隱藏著富美的人文景觀，「乃有靈宮起乎其中」、「離宮別館，三十六所」。再看張衡〈南都賦〉：

於顯樂都，既麗且康！……其山則崆巋嵑嵑，嶒嵂嵾嵯岞崝嶊嵬，嶄巖屹㟹幽谷礐岑，夏含霜雪。或嶙嶙而纏連，或豁爾而中絕。鞠巍巍其隱天，俯而觀乎雲霓。……爾其川瀆，則瀯瀤潗澬，發源巖穴。潛儵洞出，沒滑瀎潏布濩漫汗，潗汸洋溢。總括趨欲，箭馳風疾。流湍投濺，砏汃輣軋長輸遠逝，瀄淚淢汨其水蟲則有蠳龜鳴蛇，潛龍伏螭。媞鱣鮪莘，黿鼈鮫䲡巨蚌函珠，駮瑕委蛇。〔註24〕

此賦一開頭「於顯樂都，既麗且康！」點明了主旨歌頌南都富麗堂皇。其後又有「於其宮室，則有園廬舊宅，隆崇崔嵬。御房穆以華麗，連

〔註24〕參見〔南朝梁〕蕭統主編：《昭明文選》（北京：華夏出版社，2000年2月），頁96。

閣煥其相徽。聖皇之所逍遙，靈祇之所保綏。章陵鬱以青蔥，清廟肅以微微。皇祖歆而降福，彌萬祀而無衰」之句，顯示歌頌華麗宮室才是重點，然中間數段極力描寫其間自然山水之形貌。「其山則崆峒嶱嵑」以下數句述山貌；「爾其川瀆」以下數句則敘水態，水態之外，兼寫水蟲，細說水中生物種類。再看班固〈東都賦〉：

> 登靈臺，考休徵。俯仰乎乾坤，參象乎聖躬。目中夏而布
> 德，瞰四裔而抗稜。西盪河源，東澹海漘。北動幽崖，南
> 燿朱垠。殊方別區，界絕而不鄰。〔註25〕

靈臺建築在群山萬巒之間，登高望遠，國土疆域，一覽無遺。然其主旨仍不在於歌頌山河壯麗，而是「於是聖上睹萬方之歡娛，又沐浴於膏澤，懼其侈心之將萌，而怠於東作也。」藉山川景物以警惕聖皇。

（二）山水與讚美隱居生活

美麗山水對先秦楚辭詩人來說，是一種非自願式的暫居寓所，屈原仍以國家社會為念，是現實政治迫使他暫離郢都，他的內心還是嚮往政治生活，對楚王一片忠貞。而漢賦作家則不同，山水風物不僅能保全生命，還能感受隱居之樂。如馮衍〈顯志賦〉：

> 處清靜以養志兮，實吾心之所樂。山峨峨而造天兮，林冥
> 冥而暢茂；鷲回翔索其群兮，鹿哀鳴而求其友。誦古今以
> 散思兮，覽聖賢以自鎮；嘉孔丘之知命兮，大老聃之貴玄；
> 德與道其孰寶兮？名與身其孰親？陝山谷而閒處兮，守寂
> 寞而存神。夫莊周之釣魚兮，辭卿相之顯位；〔註26〕於陵
> 子之灌園兮，似至人之髣髴。蓋隱約而得道兮，羌窮悟而
> 入術；離塵垢之窈冥兮，配喬、松之妙節。惟吾志之所庶

〔註25〕參見〔南朝梁〕蕭統主編：《昭明文選》（北京：華夏出版社，2000年2月），頁24。

〔註26〕莊子曰：「莊子釣於濮水，楚王使大夫二人往見焉。曰：『願以境內累也。』莊子持竿不顧。曰：『吾聞楚有神龜，死已三千歲矣，王以巾笥而藏之廟堂之上。為此龜者，寧死留骨而貴乎？寧其生而曳尾塗中乎？』使者曰：『寧生曳尾塗中。』莊子曰：『往矣，吾將曳尾於塗中。』」

兮，固與俗其不同……

馮衍舉在河邊釣魚的莊子拒絕楚王以卿相相託之事爲例，說明其在自然山水間眞正能放達自我。引文中提及「嘉孔丘之知命兮，大老聃之貴玄」兩種對自然和名教截然二分的儒道思想。他巧妙地將儒家「邦有道則仕，邦無道則可卷而懷之」避居山林與道家「山林與，皋壤與，使我欣欣然而樂與。」（知北遊）隱居山林之樂結合在一起。而更多地強調道家思想，如引老子「名與身其孰親？」及莊子釣於濮水之事，在在說明「山峨峨而造天兮，林冥冥而暢茂」是馮衍所嚮往的內心休養之地。他是以一種發乎內在的個人興趣融入山水境界裏。這與屈原身在山林卻心存楚闕是不同的。張衡〈歸田賦〉亦同樣表達了山水之樂：

> 於是仲春令月，時和氣清；原隰鬱茂，百草滋榮。王雎鼓翼，鶬鶊哀鳴；交頸頡頏，關關嚶嚶。於焉逍遙，聊以娛情。

> 爾乃龍吟方澤，虎嘯山丘。仰飛纖繳，俯釣長流。觸矢而斃，貪餌吞鉤。落雲間之逸禽，懸淵沉之鯋鰡。

> 于時曜靈俄景，繼以望舒。極盤遊之至樂，雖日夕而忘劬。感老氏之遺誡，將迴駕乎蓬廬。彈五絃之妙指，詠周、孔之圖書。揮翰墨以奮藻，陳三皇之軌模。苟縱心於域外，安知榮辱之所如。〔註27〕

此段將仲春時節大自然萬物生機勃勃之千姿百態細繪得相當令人嚮往。寫山野植物則「百草滋榮」，寫飛禽美音則「關關嚶嚶」，既述雲間逸禽，又羨沈淵之鯋鰡。沐浴在優美的山水景物下，「於焉逍遙，聊以娛情。」顯示出張衡對山水田園生活的追求。這種「極盤遊之至樂」是種心甘情願的隱居之樂。

（三）舖陳文辭來體物寫志——山水仍是配角

漢賦描寫山水景物的文學技巧與《詩經》或《楚辭》呈現了迥異

〔註27〕參見〔南朝梁〕蕭統主編：《昭明文選》（北京：華夏出版社，2000年2月），頁476。

的特點，《詩經》或《楚辭》主要以比興手法爲其顯著特點，以抒發詩人們之思想感情，而漢賦的特點則是以賦手法爲主，細部將山水及相關景物作一描繪，以下舉司馬相如〈子虛賦〉枚乘〈七發〉爲例加以說明。先看司馬相如〈子虛賦〉：

> 雲夢者，方九百里，其中有山焉。其山則盤紆岪鬱，隆崇嵂崒。岑崟參差，日月蔽虧。交錯糾紛，上干青雲。罷池陂陀，下屬江河。其土則丹青赭堊，雌黃白坿，錫碧金銀。眾色炫耀，照爛龍鱗。其石則赤玉玫瑰，琳瑉昆吾。瑊玏玄厲，礝石碔砆。其東則有蕙圃，衡蘭芷若，穹窮菖蒲。茳蘺麋蕪，諸柘巴苴。其南則有平原廣澤，登降陁靡，案衍壇曼。緣以大江，限以巫山。其高燥則生葳菥苞荔，薛莎青蘋。其埤濕則生藏莨蒹葭，東蘠彫胡。蓮藕菰蘆，菴閭軒于。眾物居之，不可勝圖。其西則有湧泉清池，激水推移。外發芙蓉菱華，內隱鉅石白沙。其中則有神龜蛟鼉，玳瑁鱉黿。其北則有陰林，其樹楩柟豫章。桂椒木蘭，檗離朱楊。樝梨梬栗，橘柚芬芳。其上則有鵷鶵孔鸞，騰遠射干。其下則有白虎玄豹，蟃蜒貙犴。〔註28〕

司馬相如對雲夢湖周圍自然環境的描寫可謂巨細靡遺。雲夢湖廣大約九百里，然詩人應從何種角度描寫始能面面俱到，這種描寫思考即是漢賦體物圖貌的特點。當他在描寫自然景物時，依空間方位和內容物等兩大方向書寫。在空間的方位上，雲夢湖東邊有香草植物園，南邊有平原廣澤，西邊有湧泉清池，北邊則有茂密森林，其中又有高山，有土，有石，其上有飛禽，其下有走獸。在內容物方面，依空間方位之後，再細數其種類，如「其東則有蕙圃」「其北則有陰林」句下，羅列衡蘭芷若，穹窮菖蒲，茳蘺麋蕪，諸柘巴苴等草本植物，及楩柟豫章，桂椒木蘭，檗離朱楊，樝梨梬栗，橘柚芬芳等木本植物。此外，雲夢湖的自然環境不純粹只有單純的山水而已，它還兼及與山水有關

〔註28〕參見〔南朝梁〕蕭統主編：《昭明文選》（北京：華夏出版社，2000年2月），頁202。

的土石，以及各種動植物生態。<u>由此，我們可以看出〈子虛賦〉描寫山水景物技巧之高超</u>，只不過此賦主旨卻在諷刺帝王之奢侈。然而此賦的山水景物舖張揚厲之藝術手法堪爲後世山水詩的創作參考。再看枚乘〈七發〉一段壯觀的波濤描寫：

> 太子曰：「善，然則濤何氣哉？」……疾雷聞百里；江水逆流，海水上潮；山出内雲，日夜不止。衍溢漂疾，波涌而濤起。<u>其始起也</u>，洪淋淋焉，<u>若白鷺之下翔</u>。<u>其少進也</u>，浩浩溰溰，如素車白馬帷蓋之張。其波涌而雲亂，擾擾焉<u>如三軍之騰裝</u>。<u>其旁作而奔起也</u>，飄飄焉如輕車之勒兵。六駕蛟龍，附從太白。純馳浩蜺，前後駱驛。顒顒卬卬，椐椐彊彊，莘莘將將。壁壘重堅，<u>沓雜似軍行</u>。訇隱匈磕，軋盤涌裔，原不可當。<u>觀其兩傍</u>，則滂渤怫鬱，闇漠感突，上擊下律。<u>有似勇壯之卒</u>，突怒而無畏。蹈壁衝津，窮曲隨隈，踰岸出追。遇者死，當者壞。初發乎或圍之津涯，荄軫谷分。迴翔青篾，銜枚檀桓。弭節伍子之山，通厲骨母之場。凌赤岸，篲扶桑，<u>橫奔似雷行</u>。誠奮厥武，<u>如振如怒</u>。沌沌渾渾，<u>狀如奔馬</u>。混混庉庉，<u>聲如雷鼓</u>。發怒庢沓，清升踰跇，侯波奮振，合戰於藉藉之口。鳥不及飛，魚不及迴，獸不及走。紛紛翼翼，波涌雲亂。蕩取南山，背擊北岸。覆虧丘陵，平夷西畔。險險戲戲，崩壞陂池。決勝乃罷。澌汩漻澉，披揚流灑。橫暴之極，魚鱉失勢，顛倒偃側，沈沈湲湲，蒲伏連延。神物怪疑，不可勝言。直使人踣焉，洄闇悽愴焉。此天下怪異詭觀也，太子能強起觀之乎？〔註29〕

這是一段描寫「波涌而濤起」的情形。枚乘從時空觀點掌握波濤之變化，「其始起也，」「其少進也」二句說明時間之推移，而「其旁作而奔起也」，「觀其兩傍」二句則強調空間之壯闊。枚乘在形容浪濤之各種面態時，多處使用比喻法，如白鷺向下飛翔，之後又像喪葬車馬上

〔註29〕參見〔南朝梁〕蕭統主編：《昭明文選》（北京：華夏出版社，2000年2月），頁1375～1376。

所懸掛的白布蓋，又像秩序凌亂的三軍在整理行裝，其他則用勒兵、行軍、勇壯之卒、雷行、奔馬、雷鼓等軍用詞語形容，極具視聽之享受，儼然如將軍視察部隊之演習，演習中似乎有兩個軍隊對戰，激盪成「鳥不及飛，魚不及迴，獸不及走」驚心動魄之畫面。將整個波瀾壯闊的怪異奇觀鋪張出來，展現了無限遼廣的想像力。<u>若單看此段引文，實已具備對山水自然景物之審美意識，然就整篇〈七發〉之文而言，主旨乃是透過楚太子與吳客之間的對話，說明「今太子之病，可無藥石針刺灸療而已，可以要言妙道說而去也。不欲聞之乎？」吳客治太子病以其說理自可治癒之道理。</u>所以此段濤景描寫僅是治病過程中吳客所說的其中一理。

（四）山水與審美意識漸萌

雖然從以上漢賦關於山水描寫的作品中，或歌頌壯麗國土、或述隱居之志、或言哲理，對山水之美的欣賞依然缺乏，不過，我們也能找出少數幾篇已對山水之美有所體悟，[註30] 如後漢蔡邕〈漢津賦〉：

> 夫何大川之浩浩・披厚土以載形・納陽谷之所吐・兼漢沔之殊名・總畎澮之群液・演西土之陰精・過曼山以左迴・遊襄陽而南縈・<u>於是遊目騁觀</u>・南援三州・北集京都・上控隴坻・下接江湖・導財運貨・懋遷有無・既乃風欻蕭瑟・勃焉並興・陽侯沛以奔驚・洪濤涌以沸騰・願乘流以上下・

─────────

[註30] 王國瓔舉班固〈終南山賦〉為例說明「雖然這並不是一首山水詩，並且很可能只是一篇冗長作品中的極小部分，讀者也無法確定作者創作的目的到底是規勸、諷諫或頌揚，但是就這一段對終南山水的描寫，已足以證明，遠在東漢時期的文人，已經具有相當成熟的模山範水的藝術技巧，同時具有賞愛與了解自然山水美的能力。」詳參《中國山水詩研究》（北京：中華書局，2007年8月），頁58～59。他也舉朱穆〈鬱金賦〉和楊修〈節遊賦〉為例，分別指出「作者對鬱金香的體認，不僅是感性的，而且也是美學的。」及「在庭園風景的描述中，表現出對生生不息的自然生命力的贊嘆，以及對花卉、樹木的姿態和色彩美的賞愛。」，頁57～58。筆者認為兩例所詠之物與山水景物之審美意識無關。因此，筆者想在此例之外，加以補充幾例以證明漢賦已漸對山水產生審美意識。

窮滄浪乎三澨‧觀固宗之形兆‧看洞庭之交。〔註31〕

由「於是遊目騁觀」「觀固宗之形兆」「看洞庭之交」等三句可以判斷
作者是有意識對山水景物進行審美活動，通篇所述皆是山水之形態，
浩浩大川，包納萬象，流經河谷西土曼山，曲折百迴，洪濤沸騰，風
吹蕭瑟。作者表達出觀賞河浪之美，進而「願乘流以上下」。再看後
漢張衡〈溫泉賦〉：

> 陽春之月，百草萋萋，余在遠行，願望有懷。遂適驪山，
> 觀溫泉，浴神井，風中巒，壯厥類之獨美，思在化之所原，
> 覽中域之珍。○初學記七珍下有怪字‧此脫無斯水之神靈，控湯
> 谷于瀛洲，濯日月乎中營，蔭高山之北延，處幽屏以閒清，
> 於是殊方交涉，駿奔來臻，士女曄其鱗萃，紛雜遝其如絪。
> 〔註32〕

張衡描寫驪山溫泉，具有敏銳之觀察力，因其體悟出「壯厥類之獨
美」，這是把自己融入大自然之中，沐浴神井，聽聞山巒裏的風聲，
思索大地變化之妙，遊覽四周之珍寶。極寫溫泉環境之清閒，遊客如
織，高山綿延，日月倒影，景色十分靜美。此賦若改以詩體抒寫，已
有山水詩的影子了。畢竟在中國文學史的發展上，漢代仍以賦為文學
主要書寫體裁，因此即使真正具備山水景物之美感，仍屬賦體之形式。

還有一種賦的表現手法更是奇特，題目看似與山景有關，然內容
反以記述故事為主，不過從作者所描寫的山景看來，的確具有山水審
美意識。如東漢杜篤〈首陽山賦〉則為其例：

> 嗟首陽之孤嶺‧形勢窟其槃曲‧面河源而抗巖隴‧堆隈而
> 相屬‧長松落落‧卉木蒙蒙‧青羅落漠而上覆‧穴溜滴瀝
> 而下通‧高岫帶乎巖側‧洞房隱於雲中‧忽吾睹兮二老‧
> 時採薇以從容‧於是乎‧乃訊其所求‧問其所脩‧州域鄉
> 黨‧親戚朋儔‧何務何樂‧而並茲遊矣‧其二老乃答余曰‧
> 吾殷之遺民也‧厥胤孤竹‧作藩北湄‧少名叔齊‧長曰伯

〔註31〕〔唐〕歐陽詢撰《藝文類聚》卷八，水部。
〔註32〕〔唐〕歐陽詢撰《藝文類聚》，卷第九，水部

夷・聞西伯昌之善救・○明本作教・育年艾於胡考・遂相攜而
隨之・冀寄命乎餘壽・而天命之不常・伊事變而無方・昌
伏事而畢命・子忽遘其不祥・乃興師於牧野・遂干戈以伐
商・乃棄之而來遊・擔○明本作誓・不步於其鄉・余閉口而不
食・並卒命於山傍〔註33〕

此賦前半段乃書寫山水景物，而後半部則記叔齊伯夷之故事，篇幅較
多。「嗟首陽之孤嶺」以下數句至「洞房隱於雲中」為止，皆在表達
對首陽山之審美感受。孤嶺形勢高險縈曲，古松參天，林木茂密，山
洞雲繞，洞穴水滴，人煙罕至，宛如世外桃源。平淡的自然景物描寫
裏，其實是為後段伯陽、叔齊餓死首陽山作伏筆，此山因之而增添浪
漫色彩。就整個內容判斷，這是作者憑恃其才智而想像出來的，不過，
就其所描寫之景物來看，曲山巖洞雲中人，渲染出神秘氛圍，可看出
其寫景之藝術技巧應是具備審美意識。

　　總之，山水景物在《詩經》《楚辭》和漢賦的作品裏，通常是居於
次要的地位，這是他們的共同點，而相異點則在表現主旨的手法上，《詩
經》和《楚辭》乃採用比興手法，前者表現了現實生活，後者抒發個人
情志，而漢賦使用的是模山範水之手法，且對自然景物漸有整體性的審
美意識。從比興到體物寫志的寫作技巧，顯示長足之進展。

第二節　魏晉南朝之山水詩產生

　　山水詩的真正崛起，是從南朝時期開始的。〔註34〕不過，要促
成山水詩昌盛的局面，必須經過魏晉時期長期的醞釀而漸漸成熟。山

〔註33〕〔唐〕歐陽詢撰《藝文類聚》，卷第七，山部。
〔註34〕這是指南朝謝靈運所創造的大量山水詩，接著其他南朝詩人亦隨之
　　　　創作，因此整個南朝時期帶動了山水詩寫作的風氣，成為受人矚目
　　　　的文學現象。至於中國第一首山水詩的產生，至今仍有爭議。有人
　　　　認為是曹操〈步出夏門行・觀滄海〉。《中國古代山水詩史》云：「〈觀
　　　　滄海〉是山水詩孕育的歷史進程中的早產兒，是現存第一首完整的
　　　　山水詩。」，頁45。

水詩產生的最大因素是人必須長期接觸山水自然，再加上本身具備的文學素養所致。所以我們要思考的是爲何魏晉時期比四百年歷史的漢代，更多的人們漸漸投入山林懷抱？而此因素則是山水詩產生的重要契機。本節即是要對魏晉南北朝時期與山水詩發展的關係作一系統性的爬梳。

一、魏晉時期之山水觀（220-266-420）

在歷史的接軌上，魏晉是承接大一統漢帝國而來。由於漢帝國在儒家思想的薰陶下，形成了政治穩定，社會安樂的局面。但是到了東漢末年，玩弄政治的三個主要團體——士大夫、外戚、宦官，在國家政策上，產生了利益衝突，於是發生二次的黨錮之禍。知識分子人人自危，若談論政治性話題，隨時可能性命不保，因此轉而投入個人的專業領域知識，當時主要討論的經典則是《老子》《莊子》《周易》等書。在此動盪不安的黑暗社會**裏**，知識分子爲了活命，紛紛避居山林。他們在政治上興趣缺缺之後，反而促成文學的唯美意識興起。文學主要是反映詩人生活的種種面相，在避居山林的同時，逐漸思考人與自然的關係，因爲政治上的人與人關係已不可靠了，儒家的那一套名教觀念亦隨之崩潰瓦解，人心所思則是自由開放，老莊思想恰好發揮了作用，於是老莊思想取代了漢代儒家思想成爲主流價值，過慣了安逸生活的士大夫一時面臨政治上的挫折，開始思考生命意義：一是生命短暫，宜求仙來忘懷現實的苦痛，因而將山水自然當成神仙世界，二是山林是安身之所，因而萌生隱逸思想，把山水當成精神樂園。三是南渡文人眞正發乎內心對自然山水產生逍遙自適的快樂，於是山水也就成了遊樂天堂。當落實到文學作品中，山水對魏晉詩人來說是怎樣的世界？這個問題可幫助我們瞭解魏晉詩人爲何喜歡投入山水自然的懷抱，也才能解決爲何到南朝時謝靈運成了眾多山水詩成就的代表詩人。

（一）山水是神仙世界

山水對魏晉人來說是什麼世界呢？個人生命的存在是否能長久是

求仙者想要瞭解的問題，當人們處於生活的壓力下，常會思索如何跳脫困境，其中一個方法就是想像成與仙人交朋友或與仙人神遊，因爲在這幻想的世界裏，沒有苦痛，只有歡愉。如曹操〈秋胡行〉二首之二：

> 願登泰華山，神人共遠游。願登泰華山，神人共遠游。經
> 歷崑崙山，到蓬萊。飄遙八極，與神人俱。思得神藥，萬
> 歲爲期。歌以言志，願登泰華山。天地何長久！人道居之
> 短。天地何長久！人道居之短。世言伯陽，殊不知老；赤
> 松王喬，亦云得道。

曹操建立魏國，他在世間的憂慮則是如何讓國家長久生存下去，於是他幻想與神人共遠遊，欲求得神藥以獲長生不老，而永久當帝王的意識與秦始皇、漢武帝派人求取長生不老之藥如出一轍。不同者，曹操是想像親自去求神藥，而秦漢兩王則是派人求藥。又如曹植〈飛龍篇〉：

> 晨游泰山，雲霧窈窕。忽逢二童，顏色鮮好。
> 乘彼白鹿，手翳芝草。我知眞人，長跪問道。
> 西登玉堂，金樓複道。授我仙藥，神皇所造。
> 教我服食，還精補腦。壽同金石，永世難老。

曹植的憂懼又與其父曹操不同，著名的七步成詩的兄弟相殘的故事已說明了才高八斗的曹植受到其兄曹丕之妒嫉，〔註35〕險遭不測，多虧其才思敏捷，故能保全性命。此詩透過求仙食藥，還精補腦，讓自己的才智可維持長久。再如嵇康〈游仙詩〉：

> 遙望山上松，隆谷鬱青蔥。自遇一何高，獨立迥無雙。
> 願想遊其下，蹊路絕不通。王喬棄我去，乘雲駕六龍。
> 飄颻戲玄圃，黃老路相逢。授我自然道，曠若發童蒙。
> 採藥鍾山隅，服食改姿容。蟬蛻棄穢累，結友家板桐。
> 臨觴奏九韶，雅歌何邕邕？長與俗人別，誰能睹其蹤？

嵇康思想放蕩，言論頗受爭議，因此見誅。〔註36〕他的憂慮在於與當

〔註35〕〔唐〕李延壽《南史·謝靈運傳》：「謝靈運曰：『天下才共一石，曹子建獨得八斗，我得一斗，自古及今共用一斗。』」

〔註36〕〔唐〕房玄齡等撰：《晉書》謂：「誠以害時亂教，故聖賢去之。康、安等言論放蕩，非毀典謨，帝王者所不宜容。宜因釁除之，以淳風

時之儒家名教之規矩格格不入，既與世俗不合，因而轉與仙人交友，免於淪為俗人。與嵇康素有竹林七賢之稱的阮籍，同是反抗禮教的代表人物，[註37] 亦藉由神遊天際雲漢、昆岳暘谷之幻想，舒發內心累積許多的憤懣。他的〈詠懷詩八十二首〉之三十五說：

> 世務何繽紛。人道苦不遑。壯年以時逝。朝露待太陽。
> 願攬羲和轡。白日不移光。天階路殊絕。雲漢邈無梁。
> 濯髮暘谷濱。遠遊昆嶽傍。登彼列仙岨。采此秋蘭芳。
> 時路烏足爭。太極可翱翔。

起始二句已表明阮籍對紛擾人事之厭煩。於是有了到山水自然翱翔之念頭，「濯髮暘谷濱。遠遊昆嶽傍」二句說明逃離現世之心願。到達高山後，求取仙藥，故接以「登彼列仙岨，采此秋蘭芳」二句。

這些遠離人世，幻想與神仙交友，或採藥服食的過程中，書寫山水景物來陪襯求仙的目的亦是極其自然之事，於是我們便發現詩人在歌詠仙人之趣時，山林之美也隨之入詩。如郭璞〈游仙詩十四首〉之十說：

> 璇台冠昆嶺。西海濱招搖。瓊林籠藻映。碧樹疏英翹。
> 丹泉漂朱沫。黑水鼓玄濤。尋仙萬餘日。今乃見子喬。
> 振髮晞翠霞。解褐禮絳霄。總轡臨少廣。盤虯舞雲軺。
> 永偕帝鄉侶。千齡共逍遙。

「璇台冠昆嶺」以下六句描寫尋仙萬餘日的過程中，詩人所見碧樹、瓊林、丹泉、玄濤等山水之美景。詩的後半段則寫見到仙人子喬後的逍遙自適。其〈游仙詩十四首〉之八亦云：

> 暘谷吐靈曜。扶桑森千丈。朱霞升東山。朝日何晃朗。
> 回風流曲櫺。幽室發逸響。悠然心永懷。眇爾自遐想。

俗。」帝既昵聽信會，遂并害之。」，卷49，〈嵇康傳〉，頁1373。

[註37]〔唐〕房玄齡等撰：《晉書》載曰：「楷曰：「阮籍既方外之士，故不崇禮典。我俗中之士，故以軌儀自居。」時人歎為兩得。籍又能為青白眼，見禮俗之士，以白眼對之。及嵇喜來弔，籍作白眼，喜不懌而退。喜弟康聞之，乃齎酒挾琴造焉，籍大悅，乃見青眼。由是禮法之士疾之若仇，而帝每保護之。」，卷49，〈阮籍列傳〉，頁1361。

　　仰思舉雲翼。延首矯玉掌。嘯傲遺世羅。縱情在獨往。

　　明道雖若昧。其中有妙象。希賢宜勵德。羨魚當結網。

詩的前六句精心描繪山水妙麗仙境，旭日東昇，神木千丈，東山朱霞，
玄遠壯麗，幻想著神仙遺世而獨立。又如庾闡〈採藥詩〉：

　　採藥靈山嶼。結駕登九嶷。懸岩溜石髓。芳谷挺丹芝。

　　泠泠雲珠落。濯濯石蜜滋。鮮景染冰顏。妙氣翼冥期。

　　霞光煥藿靡。虹景照參差。椿壽自有極。槿花何用疑。

又支遁〈八關齋詩三首〉之三：

　　靖一潛蓬廬。愔愔泳初九。廣漠排林筱。流飈灑隙牖。

　　從容遐想逸。採藥登崇阜。崎嶇升千尋。蕭條臨萬畝。

　　望山樂榮松。瞻澤哀素柳。解帶長陵坡。婆娑清川右。

　　泠風解煩懷。寒泉濯溫手。寥寥神氣暢。欽若盤春藪。

　　達度冥三才。恍惚喪神偶。遊觀同隱丘。愧無連化肘。

兩詩中的山水美景皆是詩人登山採藥時，與自然長期接觸而生的關懷
之情，多一分眞實的自然景物描寫，也就少一分的虛幻仙境描繪。

　　所以山水對魏晉詩人來說，則是長生不老，採藥求仙，避開繁
事的一個神仙世界。而在敘寫求仙過程中，有時兼及山水景物之渲
染，開始對山水本身之美有所注意，這也是促成南朝山水詩興盛的
原因之一。

（二）山水是精神家園

　　知識分子在人生的抉擇上深受孔子「用之則行，舍之則藏」之語
影響，士大夫得志時，則在朝廷貢獻才能，走上「仕」的道路，不得
志時，則退隱山林，遠離政治圈。東漢末年的政局不穩，知識分子經
歷了二次黨錮之禍的摧殘之後，用世之志已消磨殆盡，在朝不談政治
敏感話題，以免落人把柄。故而山林成了爲官者的精神家園，在心境
上則成了逸士，畢志丘園。〔註38〕我們可從一些魏晉文人的作品發現

〔註38〕〔北齊〕魏收撰《魏書》：「史臣曰：古之所謂隱逸者，非伏其身而
　　　　不見也，非閉其言而不出也，非藏其智而不發也。蓋以恬淡爲心，
　　　　不嶢不昧，安時處順，與物無私者也。眭夸聾忘懷纓冕，畢志丘園。

他們對隱逸生活的嚮往。如左思〈招隱詩〉：

> 杖策招隱士，荒塗橫古今。巖穴無結構，丘中有鳴琴。
> 白雪停陰岡，丹葩曜陽林。石泉漱瓊瑤，纖鱗亦浮沈。
> <u>非必絲與竹，山水有清音</u>。何事待嘯歌，灌木自悲吟。
> 秋菊兼餱糧，幽蘭間重襟。躊躇足力煩，聊欲投吾簪。

除前後四句外，中間十二句幾乎在描寫山林優美景色。巖穴、白雪、
丹葩、石泉、纖鱗、灌木、秋菊、幽蘭等物象所構成的閒遠環境，是
適合隱士居住。左思表達了「聊欲投吾簪」棄官之志，也招喚志同道
合的友人，「杖策招隱士」投入山林，成為隱士的一分子。再看陸機
〈招隱詩〉：

> 明發心不夷，振衣聊躑躅。躑躅欲安之，幽人在浚谷。
> 朝採南澗藻，夕息西山足。輕條象雲構，密葉成翠幄。
> 激楚佇蘭林，迴芳薄秀木。山溜何泠泠，飛泉漱鳴玉。
> 哀音附靈波，頹響赴曾曲。至樂非有假，安事澆醇樸？
> <u>富貴苟難圖，稅駕從所欲</u>。

陸機描述隱士生活是滿足幸福的，所謂「朝採南澗藻，夕息西山足」，
接著有八句皆在勾勒山林之美景，最後兩句則表達捨棄官位，選擇與
世無爭的隱士生活。再看張協〈雜詩十首〉之九：

> <u>結宇窮岡曲。耦耕幽藪陰</u>。荒庭寂以閒。幽岫峭且深。
> 淒風起東谷。有渰興南岑。雖無箕畢期。膚寸自成霖。
> 澤雉登壟雊。寒猿撫條吟。溪壑無人跡。荒楚鬱蕭森。
> 投耒循岸垂。時聞樵採音。重基可擬志。迴淵可比心。
> 養真尚無爲。道勝貴陸沉。遊思竹素圍。寄辭翰墨林。

前兩句已明顯看出居住山林已有一段時間，「結宇」則說明在山中建
築屋舍。「耦耕」則過著農耕生活。「荒庭寂以閒」以下數句則描寫山
林生活環境。而孫綽〈秋日〉也描寫了山居生活：

> 蕭瑟仲秋月，颼颬風雲高。山居感時變，遠客興長謠。

或隱不違親，貞不絕俗；或不教而勸，虛往實歸。非有自然純德，
其孰能至於此哉？」，卷 90，〈逸士列傳〉，頁 1939。

疏林積涼風，虛岫結凝霄。湛露灑庭林，密葉辭榮條。

撫葉悲先落，攀松羨後凋。〔註39〕

孫綽深刻的描述山居生活的季節變化，也描寫山水各種景物，撫葉攀
松證明了他以觸覺的感受融入大自然變化之中，若非認定山居生活是
好的人生選擇是很難寫出如此細緻的詩句來。

　　綜上詩篇可知，魏晉部份士人已開始居住在山水自然圍繞的悠然
環境裏，與自然為伍，也漸漸體體察出自然山水本身之美，並將其感
受呈現在作品中，我們可以說這些詩人已將山水當作是他們的精神家
園了，〔註40〕而他們關注山水生活環境的書寫過程也是造成南朝山水
詩大量出現的原因之一。

（三）園林山水是遊樂天堂

　　山水自然本是人類文明以前就已存在。之後隨著人類長期生活實
踐，對自然的認識逐漸從物質實用性目的昇華為審美性鑑賞。有時為
了滿足遊山玩水之趣，則須長途跋涉，翻越崇山峻嶺，到達山明水秀
之世外桃源，但若能在居宅附近就能享受山林之樂，那就符合內心享
受片刻安寧的需求，於是財貴之士便想在居處周圍依山水形貌而造建
的園林。如晉朝石崇在近郊打造黃金園林，極盡奢華之能事，園林山
水主要目的在於提供個人或賓客遊覽行樂，顯示財富地位之崇高。《晉
書‧石崇傳》載云：「崇有別館在河陽之金谷，一名梓澤，送者傾都，
帳飲於此焉。」〔註41〕又《晉書‧劉琨傳》記云：「時征虜將軍石崇
河南金谷澗中有別廬，冠絕時輩，引致賓客，日以賦詩。〔註42〕」這

〔註39〕〔唐〕歐陽詢撰《藝文類聚》，卷 003

〔註40〕王國瓔指出：「隱士遁入山水的基本動機是由於不能或不願和現實社
　　　　會認同，因而隱身於山谷林野，以便遠離當政者的權勢，或避開混
　　　　亂不安的世局。可是經過儒道哲學的理論化，隱逸已不再是單純的
　　　　逃避行為，卻可以解釋成一種具有道德批判性的政治姿態，也可以
　　　　代表一種人生理想的索求。」《中國山水詩研究》（台北：聯經出版
　　　　社），頁 101。

〔註41〕《晉書》，卷 33，〈石苞子喬‧子崇傳〉，頁 1006。

〔註42〕《晉書》，卷 62，〈劉琨列傳〉，頁 1679。

是說明石崇建有富麗的園林別墅以供遊賞，換言之，園林山水對他來說，則是遊樂天堂。

石崇《金谷詩敘》亦曰：「余以元康六年，從太僕卿出爲使，持節監青、徐諸軍事、征虜將軍。有別廬在河南縣界金谷澗中，或高或下，有清泉茂林，眾果竹柏、藥草之屬，莫不畢備。又有水碓、魚池、土窟，其爲娛目歡心之物備矣。」我們再看實際的詩作，石崇友人潘岳〈金谷集作詩〉詩云：

> 王生和鼎實，石子鎮海沂。親友各言邁，中心悵有違。
> 何以敘離思？攜手游郊畿。朝發晉京陽，夕次金谷湄。
> <u>迴谿縈曲阻，峻阪路威夷</u>。綠池汎淡淡，青柳何依依。
> <u>濫泉龍鱗瀾，激波連珠揮</u>。前庭樹沙棠，後園植烏椑。
> <u>靈圃繁若榴，茂林列芳梨</u>。飲至臨華沼，遷坐登隆坻。
> 玄醴染朱顏，但愬杯行遲。揚桴撫靈鼓，簫管清且悲。
> 春榮誰不慕？歲寒良獨希！投分寄石友，白首同所歸。

〔註43〕

「何以敘離思？」說明潘岳欲到金谷園一遊的動機。「迴谿縈曲阻」以下十句則細繪金谷園美麗的自然風貌，濫泉、激波是池上周圍特殊的景象，沙棠和烏椑是栽種的特殊植物。迴谿、峻阪強調山水景物，變換莫測。而金谷園對石崇及其他達官顯宦來說，宛如一座遊樂天堂。又如曹丕〈芙蓉池作〉：

> 乘輦夜行遊，<u>逍遙步西園。雙渠相溉灌，嘉木繞通川。
> 卑枝拂羽蓋，脩條摩蒼天。驚風扶輪轂，飛鳥翔我前。
> 丹霞夾明月，華星出雲間</u>。上天垂光採，五色一何鮮！
> 壽命非松喬，誰能得神仙。〔註44〕

曹丕在深夜乘坐皇車至西園遊覽，西園應是皇宮近郊的園林。「雙渠相溉灌」以下數句，皆在描寫夜色中的山水景象，而朦朦之美景令人

〔註43〕參見〔南朝梁〕蕭統主編：《昭明文選》（北京：華夏出版社，2000年2月），頁713。

〔註44〕參見〔南朝梁〕蕭統主編：《昭明文選》（北京：華夏出版社，2000年2月），頁767。

產生遐想。皇宮貴族所興建的園林通常仍在「娛目歡心」之用也。再如曹植〈公宴詩〉：

> 公子敬愛客，終宴不知疲。<u>清夜遊西園，飛蓋相追隨。</u>
> <u>明月澄清景，列宿正參差。秋蘭被長阪，朱華冒綠池。</u>
> <u>潛魚躍清波，好鳥鳴高枝。神飆接丹轂，輕輦隨風移。</u>
> 飄飄放志意，千秋長若斯。〔註45〕

好客的曹植在擺宴酒食後，清夜遊覽西園。「明月澄清景」以下數句將優美明月映照下的秋蘭、朱華、潛魚、好鳥、神風等各種生態描繪出來，景色活靈活現，娛了曹目歡了曹心。

由此可知，魏晉時期的達官貴人已逐漸有詩作描寫園林山水景象。這也是促成南朝山水詩大量出現的因素之一。

綜上所述，我們發現在魏晉時期已漸有山水詩之幼苗萌生，主要植根在神仙山水、精神山水、天堂山水的肥沃土壤中，也就是說山水對魏晉人來說，是神仙世界，亦是精神家園，亦是遊覽天堂，在詩人作品中多有山水景物之描寫，但這些產量只是零星的，尚未大量出現，而真正開花結果則須等到南朝時期謝靈運、謝朓、陶淵明等有意識地將山水獨立起來當作審美對象，山水詩才真正在文學史上形成一種文學類型。

二、南朝山水詩的四種類型（420-589）

在魏晉時期，我們探究了山水詩產生之因素有三，已如上述，而山水詩的胚胎在其間汲取養分，經過長期醞釀之後，在南朝形成了蔚為大觀，雲蒸霞蔚的局面。〔註46〕既然山水詩在南朝大量出現，謝靈運可謂是山水詩的祖師爺，開宗立派，成為後世山水詩的創作典範。在南朝這一百多年的時間裏，詩人們或因個人遭遇，或因時代風氣，

〔註45〕參見〔南朝梁〕蕭統主編：《昭明文選》（北京：華夏出版社，2000年2月），頁676。

〔註46〕據王剛〈唐前山水詩的量化統計分析〉一文對魏晉南北朝山水詩所統計：兩晉60首，南朝352首，北朝32首。寶雞文理學院學報（社會科學版），第28卷第2期，2008年4月。

或因個性喜好，往往產生不同的山水詩風貌。

　　任何事物只要數量多了之後，若要探求其發展規律，則須採用分類法，始能系統性的掌握其本質。山水詩在南朝產生的數量比魏晉還多，因為可稍作分類，始能瞭解其內涵，這樣的分類也不是那樣涇渭分明，不是說為某位詩人貼上標籤之後，就認定他所寫的山水詩就一定是那類的，如將謝靈運歸為玄理山水詩人並不意味著他沒有其他內容的山水詩，抑或宦遊山水詩人謝朓就沒寫過玄理山水詩，因而我必須先在此強調。以下將分田園山水詩、玄理山水詩、宦遊山水詩、宮廷遊宴山水詩等四類論述之，透過分類法之探析將有助我們對之後的中唐山水詩作進一步之比較或整理。

（一）田園山水詩──陶淵明（晉宋）

　　田園山水詩是指詩作內容同時兼及田園風光和山水景物。王國瓔認為唐代王維、孟浩然將陶詩中恬淡的情趣融匯在他們的山水詩篇**裏**。〔註47〕這個說明陶對唐代詩人的影響的說法是成立的，從而可將山水田園詩派溯至陶淵明。為何在南朝山水詩大量出現後，我們還須談談陶淵明，那是因為他的山水詩**裏**通常融入了田園風光，這在南朝宋時期是一個新題材，也是新類型，且他的餘緒還影響了中唐的韋應物和柳宗元等詩人，沈德潛《說詩晬語》云：「陶詩胸次浩然，其中有一段淵深樸茂不可到處。唐人祖述者，王右丞（王維）有其清腴，孟山人（孟浩然）有其閑遠，儲太祝（儲光羲）有其樸實，韋左司（韋應物）有其沖和，柳儀曹（柳宗元）有其峻潔。」〔註48〕所以在此必須留意。

　　從史書或陶本身的著作皆可看出他同時喜愛田園和青山。據《晉書卷94隱逸傳·陶潛》所載云：「既絕州郡覲謁，其鄉親張野及周旋人羊松齡、寵遵等或有酒要之，或要之共至酒坐，雖不識主人，亦欣然無忤，酣醉便反。未嘗有所造詣，所之唯至田舍及廬山遊觀而已。」

〔註47〕《中國山水詩研究》（北京：中華書局，2007年8月），頁204。
〔註48〕詳見王夫之等撰：《清詩話》，（上海：上海古籍出版社），頁535。

這段話說明陶喜飲酒，只要有人相邀飲酒，就連陌生人，他也能喝得酣醉，只喜愛到田舍和廬山遊賞。他在〈歸園田居五首之一〉也說「少無適俗韻，性本愛丘山。」他所寫的 5 首山水詩產量在東晉時期是第二多。〔註49〕

　　我們可明顯看出他的山水詩的特點是將山水和田園融合在一起，在山水景色之中閃現出他在田園裏辛苦地農業勞動。如〈歸園田居五首之一〉：

　　　少無適俗韻，性本愛丘山。誤落塵網中，一去三十年。
　　　羈鳥戀舊林，池魚思故淵；開荒南野際，守拙歸園田。
　　　方宅十餘畝，草屋八九間，榆柳蔭後簷，桃李羅堂前。
　　　曖曖遠人村，依依墟里煙；狗吠深巷中，雞鳴桑樹顛。
　　　戶庭無塵雜，虛室有餘閒。久在樊籠裏，復得返自然。

由開頭「少無適俗韻，性本愛丘山」和結尾「久在樊籠裏，復得返自然」等句的對照中，陶淵明人生志向是隱居在山林裏。在這自然山林中，他「開荒南野際，守拙歸園田」，躬耕自資，活出自我，不爲五斗米而折腰。「方宅十餘畝」以下十句皆描寫田園周圍的自然風光和純樸的農村景象。雖未著墨山林之景，但已融入在田園之中。又如〈歸園田居五首〉之三：

　　　種豆南山下，草盛豆苗稀。晨興理荒穢，帶月荷鋤歸。
　　　道狹草木長，夕露霑我衣；衣霑不足惜，但使願無違。

首句先述淵明的田園在南山下，之後幾句應該要寫山景才對，但卻寫其農村勞動的景象「晨興理荒穢，帶月荷鋤歸」，日出而作，日落而息。每天的農耕生活雖辛苦勞累，但符合其內心的願望。山景已融入其勞動生活之中。再如〈飲酒二十首之五〉：

　　　結廬在人境，而無車馬喧。問君何能爾？心遠地自偏。
　　　采菊東籬下，悠然見南山。山氣日夕佳，飛鳥相與還。
　　　此中有眞意，欲辯已忘言。

〔註49〕據王剛〈唐前山水詩的量化統計分析〉一文指出，東晉 42 首山水詩中，除蘭亭詩 11 首最多外，第二則是陶淵明，頁 68。

此詩中間四句很明顯看出山氣飛鳥陪伴著淵明的勞動生活——「采菊東籬下」。末句寫其歸反自然的心志。

　　李澤厚在《美的歷程》中說陶潛為「自然景色在他筆下，不再是作為哲理思辨或徒供觀賞的對峙物，而成為詩人生活、興趣的一部分。」〔註50〕而馬自力〈論陶詩對後代山水詩的影響〉一文指出：「如果說謝靈運以他大量的山水之作開闢了詩歌的「性情漸隱，聲色大開」的時代；那麼，陶詩的渾融境界及其高度寫意的景物刻畫，則昭示了唐以後詩歌創作情景交融的必然趨勢。這一點，正是陶淵明雖無多山水之作而學陶者多以山水詩名家的奧秘所在。」〔註51〕由於盛唐時期所謂王孟之山水田園詩派皆把源頭指向晉宋的陶淵明，因此我們再作探源工作時不得不在南朝時立為山水詩的其中一種類型，於是筆者將陶淵明的山水詩暫稱之為「田園山水詩」，進而可連繫盛唐王孟和中唐韋柳等山水田園詩。

　　（二）玄理山水詩——謝靈運（晉宋）

　　清人王士禎《帶經堂詩話》卷五〈序論〉有一段敘述山水詩的形成史說：「詩三百五篇，於興觀群怨之旨，下逮鳥獸草木之名，無弗備矣，獨無刻畫山水者；間亦有之，亦不過數篇，篇不過數語。如「漢之廣矣」、「終南何有」之類而止。漢魏間詩人之作，亦與山水了不相及。迨元嘉間，謝康樂出，始創為刻畫山水之詞，務窮幽極渺，抉山谷水泉之情狀。昔人云：『莊老告退，而山水方滋』者也。宋齊以下，率以康樂為宗。」又清人沈德潛《說詩晬語》亦有同樣說法：「游山水詩，應以康樂為開先也。」〔註52〕皆說明謝靈運在山水詩的成就極高，具有開一代風氣之先的地位。緊接著要追問的是，為何是謝靈運

〔註50〕李澤厚《美的歷程》，（新店：谷風出版社，1984 年 7 月），頁 135。
〔註51〕馬自力〈論陶詩對後代山水詩的影響〉，北京科技大學學報（社會科
　　　　學版），第 15 卷第 2 期，1999 年 5 月，頁 50。
〔註52〕〔清〕沈德潛《說詩晬語》卷上，見王夫之等撰《清詩話》（上海：
　　　　上海古籍出版社，1999 年 6 月第 1 版），頁 532。

出來引領詩壇而非其他詩人呢？我們可從主客觀因素來分析。

　　在主觀因素方面，這是由於謝靈運本身就喜愛山水，再加上他的大量創作山水詩所致。謝靈運〈遊名山志〉：「夫衣食人生之所資，山水性分之所適，今滯所資之累，擁其所適之性耳。」沈約《宋書‧謝靈運傳》又稱：「郡有名山水，靈運素所愛好，出守既不得志，遂肆意遊遨，遍歷諸縣，動逾旬朔，民間聽訟，不復關懷。所至輒爲詩詠，以致其意焉。」這也說明謝靈運山水詩創作的原因之一是仕途不得志。謝靈運除了喜好遊山玩水外，並在會稽這山水優美之地建設別墅，於是創作更多的山水詩，一時聲名大噪。《宋書‧謝靈運傳》又說：「靈運父祖並葬始寧縣，並有故宅及墅，遂移籍會稽，修營別業，傍山帶江，盡幽居之美。與隱士王弘之、孔淳之等縱放爲娛，有終焉之志。每有一詩至都邑，貴賤莫不競寫，宿昔之間，士庶皆遍，遠近欽慕，名動京師。」

　　而客觀因素則是上節所論魏晉時期促成山水詩產生的三個因素：社會政治動亂之後，知識分子或因避亂，或因志向而投入山林懷抱，於是對山水自然產生了神仙世界、精神家園、遊樂天堂等寄託的想法，漸漸地，山水詩的作品也應運而生，也開始受人注意，長期醞釀過程中，恰巧在南朝謝靈運之時，有意識地大量創作而引起「遠近欽慕，名動京師」的盛況，因此獲得山水詩開創者的美名了。〔註53〕

　　謝靈運身處的是「有晉中興，玄風獨振，爲學窮於柱下，博物止乎七篇，馳騁文辭，義單乎此。自建武暨乎義熙，歷載將百，雖綴響聯辭，波屬雲委，莫不寄言上德，托意玄珠，遒麗之辭，無聞焉爾。」〔註54〕的時代風氣裏，亦即玄風盛行之時代氛圍之中，所以難免在過渡時期的山水詩作中夾帶玄言的尾巴，如〈登石門最高頂〉：

　　　　晨策尋絕壁，夕息在山棲。疏峰抗高館，對嶺臨迴溪。
　　　　長林羅戶穴，積石擁基階。連巖覺路塞，密竹使徑迷。

〔註53〕林文月統計謝靈運創作了 56 首的山水詩，其中寓玄理之山水詩有 23
　　　　首，總數已超過現存 87 首的一半了。而鮑照 34 首，謝朓 45 首。
〔註54〕〔南朝梁〕沈約《宋書》，卷 67，〈謝靈運傳〉，頁 1753～4。

來人忘新術，去子惑故蹊。活活夕流駛，噭噭夜猿啼。
沈冥豈別理，守道自不攜。心契九秋幹，目翫三春荑。
居常以待終，處順故安排。惜無同懷客，共登青雲梯。
〔註 55〕

全詩依敘事、寫景、說理（抒情）三段式結構。前二句敘登山之時間，中間十句刻畫攻頂途中之各種山林奇險景象，最後六句則爲說解玄理。「處順故安排」句則是運用莊子典故。〔註 56〕再如〈從斤竹澗越嶺溪行〉：

猿鳴誠知曙，谷幽光未顯。巖下雲方合，花上露猶泫。
逶迤傍隈隩，苕遞陟陘峴。過澗既厲急，登棧亦陵緬。
川渚屢逕復，乘流翫迴轉。蘋萍泛沈深，菰蒲冒清淺。
企石挹飛泉，攀林摘葉卷。想見山阿人，薜蘿若在眼。
握蘭勤徒結，折麻心莫展。情用賞爲美，事昧竟誰辨？
觀此遺物慮，一悟得所遣。

此詩可分寫景、抒情（說理）兩部分。前十四句寫行旅沿途跋山涉水之奇景，後八句則加入自己感受並說理，末句「一悟得所遣」則用莊子典故。〔註 57〕由於謝靈運詩具有「說山水則苞名理」的特點，〔註 58〕因之稱其詩爲「玄理山水詩」。

（三）宦遊山水詩──謝朓（宋齊）

謝朓是南朝齊永明體的重要詩人，是文學史上「竟陵八友」之一。〔註 59〕在仕途上不甚得志，最後遭讒言下獄而死，死時三十六歲。〔註

〔註 55〕參見〔南朝梁〕蕭統主編：《昭明文選》（北京：華夏出版社，2000年 2 月），頁 779～780。

〔註 56〕莊子曰：老聃死，秦失弔之。適來，夫子順也；適去，夫子時也。安時而處順，哀樂不能入也。

〔註 57〕郭象莊子注曰：將大不類，莫若無心，既遣是非，又遣其所遣，遣之以至於無遣。然後無所不遣，而是非去也。

〔註 58〕黃節在《謝康樂詩註》中的序言稱「夫康樂之詩合詩、易、聃、周、騷辯、儒、釋以成之，其所寄懷，每寓本事，說山水則苞名理，康樂詩不易識也。」，（台北：藝文印書館，民國 76 年 10 月四版），頁 2。

〔註 59〕〔唐〕姚思廉《梁書》云：「竟陵王子良開西邸，招文學，高祖與沈

60）他的詩作中「常恐鷹隼擊，時菊委嚴霜」表達在政治官場上的恐懼，「雖無玄豹姿，終隱南山霧」才是最終的心靈歸宿。謝朓山水詩有 42 首〔註61〕，其特點之一則像王國瓔所說「謝朓所寫之景固然是實景，卻往往浸染著一些宦游生涯的感慨，令我們既見山水之貌，又得詩人之情。」〔註62〕以下舉詩說明之。如其〈晚登三山還望京邑〉：

> 灞涘望長安，河陽視京縣。白日麗飛甍，參差皆可見。
> 餘霞散成綺，澄江靜如練。喧鳥覆春洲，雜英滿芳甸。
> 去矣方滯淫，懷哉罷歡宴。佳期悵何許，淚下如流霰。
> 有情知望鄉，誰能鬒不變。

此詩寫於謝朓赴任宣城（今安徽宣城）太守途中，借秀麗之景抒發去國懷鄉之情。「白日麗飛甍」以下六句描繪出落日餘暉映照下的澄澈江岸美景。最後六句則寫望鄉之情。從中可感受到惆悵的詩人，其宦海漂泊不定的心境。又如〈之宣城郡出新林浦向板橋〉：

> 江路西南永，歸流東北騖。天際識歸舟，雲中辨江樹。
> 旅思倦搖搖，孤遊昔已屢。既歡懷祿情，復協滄洲趣。
> 囂塵自茲隔，賞心於此遇。雖無玄豹姿，終隱南山霧。

此詩也是寫其赴任宣城太守途中之感受。前四句寫途中江景，其餘八句寫內心想法。由歸舟一詞暗示仕宦生涯之離鄉漂泊，「旅思倦搖搖，孤遊昔已屢」兩句更強調對宦游生涯之倦怠孤獨，而末句則道出歸隱南山之志。再如〈暫使下都夜發新林至京邑贈西府同僚〉：

> 大江流日夜，客心悲未央。徒念關山近，終知反路長。

約、謝朓、王融、蕭琛、範雲、任昉、陸倕等並遊焉，號曰八友。」，卷1，〈武帝本紀〉，頁2。

〔註60〕《南齊書》：「遙光大怒，乃稱敕朓，仍回車付廷尉，與徐孝嗣、祏、暄等連名啟誅朓曰：「謝朓資性險薄，大彰遠近。王敬則往構凶逆，微有誠，自爾昇擢，超越倫伍。而谿壑無厭，著於觸事……下獄死。時年三十六。」，卷47，〈謝朓列傳〉，頁827。

〔註61〕林文月統計有45首（山水詩：34首，寓玄理之山水詩：11首），而王剛在〈唐前山水詩的量化統計分析〉則統計為42首。

〔註62〕王國瓔著：《中國山水研究》（北京：中華書局，2007年8月），簡體版，頁147。

秋河曙耿耿，寒渚夜蒼蒼。引顧見京室，宮雉正相望。
金波麗鳷鵲，玉繩低建章。驅車鼎門外，思見昭丘陽。
馳暉不可接，何況隔兩鄉。風雲有鳥路，江漢限無梁。
常恐鷹隼擊，時菊委嚴霜。寄言蔚羅者，寥廓已高翔。

此詩寫於謝朓宦遊回都途中。〔註63〕首句寫江流不息之景，暗喻仕宦生涯之流動不定，內心悲慨萬千，如今將被調回京城，「寥廓已高翔」之自由心境油然而生。「常恐鷹隼擊，時菊委嚴霜」之官場黑暗，恰合「秋河曙耿耿，寒渚夜蒼蒼」之孤淒夜景。「寄言蔚羅者」句道出了官場同事間讒言鬥爭的一面。

謝朓山水詩已漸看不出像謝靈運那樣寓玄理於山水景物之中，取而代之的是宦遊生涯之悲慨，這是謝朓山水詩的特點之一，筆者將其詩稱爲「宦遊山水詩」。而侯發迅亦指出「謝朓山水詩融情於景，將都邑風物和自然山水完美融合，在這裏山水已經成了他情感生活的一部分，成爲他的情感載體，融宦游之情於山水之中淨化了前期山水詩的玄理，使山水詩達到了主客體的完美結合。」〔註64〕

（四）宮廷遊宴山水詩——帝王（梁陳）

從魏晉時代士族逐漸普遍建造莊園之後，貴族及富豪之士也起而傚尤，尤其到了南北朝更加興盛。〔註65〕如《洛陽伽藍記》卷四所載云：「於是帝族王侯，外戚公主，擅山海之富，居川林之饒，爭修園宅，互相誇競。」又如《南齊書‧文惠太子傳》記云：「太子與竟陵

〔註63〕〔梁〕蕭子顯《南齊書》：「子隆在荊州，好辭賦，數集僚友，朓以文才，尤被賞愛，流連晤對，不舍日夕。長史王秀之以朓年少相動，密以啓聞。世祖敕曰：『侍讀虞云自宜恆應侍接。朓可還都。』朓道中爲詩寄西府曰：『常恐鷹隼擊，秋菊委嚴霜。寄言蔚羅者，寥廓已高翔。』」卷47，〈王融謝朓列傳〉，頁825。

〔註64〕侯發迅〈清麗山水中見宦游之情——論謝朓的山水詩〉，頁31，中州大學學報，第3期，2002年7月。

〔註65〕關於魏晉南北朝園林發展情況，可詳參朱大渭等著：《魏晉南北朝社會生活史》，第四章第三節「士族莊園」，（北京：中國社會科學出版社，1998年8月），頁167～174。

王子良俱好釋氏……開拓玄圃園，與台城北塹等，其中樓觀塔宇，多聚奇石，妙極山水。」〔註66〕再如《梁書・昭明太子傳》：「性愛山水，於玄圃穿築，更立亭館，與朝士名素者遊其中。」〔註67〕

　　由於宮廷內或近郊的園林中，「樓觀塔宇，多聚奇石，妙極山水」，且多文士聚集游宴賦詩，因此他們在園林裏所見的山水萬物，包括人文景觀或自然景觀皆成為文人詩士的歌詠對象，特別的是，南朝時有些帝王本身就深具文才，如梁武帝、昭明太子、簡文帝，〔註68〕加以帝王影響力大，因此帝王們所歌詠的山水景物則姑稱之為宮廷遊宴山水詩，這也是山水詩形成以來的一種類型，因為在中唐時期的山水詩說不定也有這一類關於園林方面的山水詩，這是我們在探究山水詩演變時所不能不注意，以下則舉兩首詩說明即可，如梁武帝〈首夏泛天池〉所云：

　　　薄遊朱明節，泛漾天淵池。舟楫互容與，藻蘋相推移。
　　　碧沚紅菡萏，白沙青連漪。新枝拂舊石，殘花落故池。
　　　葉軟風易出，草密路難披。

此詩除前二句點明梁武帝蕭衍遊覽之時間地點外，其餘諸句皆在描寫天池周圍之美景，八句皆對偶工整，其中「碧沚紅菡萏，白沙青連漪」使用色彩詞相對，藝術手法高明。又如簡文帝〈玩漢水〉：

　　　雜色崑崙水，泓澄龍首渠。豈若茲川麗，清流疾且徐。
　　　離離細磧淨，藹藹樹陰疏。石衣隨溜卷，水芝扶浪舒。
　　　連翩寫去楫，鏡澈倒遙墟。聊持點纓上，於是察川魚。

〔註66〕《南齊書》，卷21，〈文惠太子傳〉，頁401。
〔註67〕《梁書》，卷8，〈昭明太子傳〉，頁168。
〔註68〕《南史》：「降及梁朝，其流彌盛。蓋由時主儒雅，篤好文章，故才秀之士，煥乎俱集。于時武帝每所臨幸，輒命群臣賦詩，其文之善者賜以金帛。」卷72，〈文學列傳〉，頁1761。又《梁書》：「太子美姿貌，善舉止。讀書數行並下，過目皆憶。每遊宴祖道，賦詩至十數韻。」卷8，〈昭明太子統列傳〉，頁166。又《梁書》：「太宗幼而敏睿，識悟過人，六歲便屬文，高祖驚其早就，弗之信也，乃於御前面試，辭采甚美。」卷4，〈簡文帝本紀〉，頁109。

全詩共十二句，前十句寫景，刻畫細緻，精繪工巧。漢水附近自然風貌在簡文帝精練之文筆下，顯得明淨舒放。「離離細磧淨」以下四句，對仗平穩，淨疏卷舒等四字將景物栩栩如生之樣態展現出來，堪稱佳詩。

由於南朝帝王盛行宮廷游宴之風，他們所建造的園林極具山水之美，又「每所臨幸，輒命群臣賦詩」之創作下，這類作品則應運而生，筆者暫稱之為「遊宴山水詩」。

綜上所述，我們姑將南朝山水詩分成「田園山水詩」「玄理山水詩」「宦遊山水詩」「宮廷遊宴山水詩」等四種類型，增進對山水詩初步的認識，並由此認識為基礎，自可進一步對盛唐或中唐山水詩再作更深入之挖掘。

第三節　唐前期之山水詩

唐朝整個歷史（618～907）可以天寶十四載（755）安史之亂為分界點，在唐詩史的進程上，安史之亂前則屬初盛唐時期或唐前期，而安史之亂後則稱之中晚唐時期或唐後期。就山水田園詩派而言，盛唐時期的王維、孟浩然與中唐時期的韋應物、柳宗元，因其藝術風格相近而跨代並稱為「王孟韋柳」。其實唐前期的山水詩人尚可舉初唐的王績、初唐四傑、陳子昂，和盛唐的李白、杜甫等山水詩作品來討論。然而，為免本論文重心偏離，而雜論許多山水詩人，故唐前期之山水詩僅探討較為著名的王績、王維、孟浩然、李白和杜甫等人，並從中注意其山水詩與南朝或中唐山水詩作品之間傳承的關聯性，〔註69〕如此微觀之分析或可進一步闡釋中唐山水詩的價值。

〔註69〕如王維和韋應物的關係，司空圖和王士禎則已論及。王士禎《唐人萬首絕句選凡例》：「韋應物本出右丞，加以古澹。」又《池北偶談》卷十二：「又嘗論五言詩，感興宜阮、陳，山水閒適宜王、韋，亂離行役、鋪張敘述宜老杜，未可限以一格。」又唐末司空圖《與李生書》：「王右丞、韋蘇州，澄澹精緻，格在其中，豈妨於遒舉哉？」《與王駕書》：「右丞、蘇州澄澹，如清沈之貫遠」

一、王績（589～644）之山水詩──仿陶

陶淵明之後，第一位與其相仿彿者當推初唐時期的王績。在山水田園自然詩派的詩史進程中，王績是連接陶淵明和盛唐王、孟、韋、柳等人的重要樞紐，具有承上啓下的作用。所以若要探索中唐韋、柳等人的山水詩，我們仍須對王績進行探究以求一整體性的山水詩史觀。唯有先探討陶、王之間之關係，對以下各章之中唐山水詩才有助益。而本段主要從詩史角度來說明他們的關係。首先，王績對陶之喜愛可從其詩作觀察。如：

> 嘗愛陶淵明，酌醴焚枯魚。〔註70〕（〈薛記室收過莊見尋率題古意以贈〉）
>
> 庚桑逢處跪，陶潛見人羞。〔註71〕（晚年敘志示翟處士（正師））
>
> 阮籍醒時少，陶潛醉日多。〔註72〕（醉後）
>
> 野觴浮鄭酌，山酒漉陶巾。〔註73〕（嘗春酒）

這證明他們有類似的地方。兩人相同點如下：一是同具有隱逸性質。鍾嶸《詩品》說陶淵明是「古今隱逸詩人之宗」，《晉書》將他列入隱逸傳，新舊《唐書》也將王績列入隱逸傳。二是同具有農耕經驗。《晉書隱逸傳》：「州召主簿，不就，躬耕自資，遂抱羸疾。復爲鎭軍、建威參軍。」〔註74〕《舊唐書隱逸傳》：「績嘗躬耕於東皋，故時人號東皋子」。〔註75〕」三是耽溺飲酒。《晉書隱逸傳》：「性嗜酒，而家貧不能恒得。親舊知其如此，或置酒招之，造飲必盡，期在必醉，既醉而退，曾不吝情。」〔註76〕《舊唐書・隱逸傳》：「績或經過酒肆，動經數日，往往題壁作詩，多爲好事者諷詠。」〔註77〕

〔註70〕《全唐詩》卷37，頁480。
〔註71〕《全唐詩》卷37，頁480。
〔註72〕《全唐詩》卷37，頁484。
〔註73〕《全唐詩》卷37，頁485。
〔註74〕《晉書》，卷94，〈隱逸列傳〉，頁2461。
〔註75〕《舊唐書》卷192，〈隱逸列傳〉，頁5116。
〔註76〕《晉書》，卷94，〈隱逸列傳〉，頁2460。
〔註77〕《舊唐書》，卷192，〈隱逸列傳〉，頁5116。

其次,再從實際作品考察。王績寫過一些田園詩,如〈田家三首〉,也寫山水詩,如〈策杖尋隱士〉〈黃頰山〉〈詠巫山〉等詩。而兩人亦有類似的詩作,如王績〈九月九日贈崔使君善爲〉和陶淵明〈和郭主簿二首〉主題同是借九月九日重陽節懷念故人飲酒,手法同是中間寫景,末段寫情。如以下說明:

王績〈九月九日贈崔使君善爲〉

野人迷節候,端坐隔塵埃。忽見黃花吐,方知素節回。
映巖千段發,臨浦萬株開。香氣徒盈把,無人送酒來。

(《全唐詩》卷 37,頁 482)

陶淵明〈和郭主簿二首〉

和澤同三春,清涼華秋節。露凝無游氛,天高風景澈。
陵岑聳逸峰,遙瞻皆奇絕。芳菊開林耀,青松冠巖列。
懷此眞秀姿,卓爲霜下傑。銜觴念幽人,千載撫爾訣。
檢素不獲展,厭厭竟良月。

王績詩中描寫佳節山中水邊之菊花盛開,香氣逼人,由此襯出思念友人同來飲酒的主題,此詩主角有山中菊花,香氣,酒,友人。陶淵明詩中亦提及芳菊,逸峰,銜觴,幽人。兩詩中間幾句皆在歌詠菊花之秀姿霜傑,末句回歸至兩人嗜酒之僻好。

從詩史的角度看,王績固然是繼承陶淵明自然質樸的詩風,但他也有開拓的一面,正如曹麗芳在〈王績與山水田園詩派〉一文中所指出:「因此王績詩與陶詩相比體現出同中有異的特色,最有意義的一個變化是王績把隱者的林泉高致與田家的生活意趣結合在一起寫,標誌著山水詩與田園詩的初步合流。」〔註78〕我們舉兩首詩例說明山景帶有人物勞動的情況,〈野望〉詩云:

東皋薄暮望,徙倚欲何依。樹樹皆秋(一作春)色,山山
唯落暉。
牧人驅犢返,獵馬帶禽歸。相顧無相識,長歌懷采薇。(《全

〔註78〕曹麗芳〈王績與山水田園詩派〉,山西大學學報(哲學社會科學版),
1997 年第 3 期,頁 60。

唐詩》卷 37，頁 482）

此詩前半描寫黃昏時的山中景物，後半則點染牧人在山中田野勞動的情形。全詩的景很美，群山在落日的映照下，樹林顯得很有活力，而山林中的勞動人民工作後，伴隨著美麗的歌聲返家，相當有意境。又如〈秋夜喜遇王處士〉：

北場芸藿罷，東皋刈黍歸。相逢秋月滿，更值夜螢飛。

（《全唐詩》卷 37，頁 485）

前詩觀察人家的田園勞動，而此詩前半則寫自己在山園進行刈黍活動，後半爲山景，寫夜晚返家時喜遇王處士的情形，景中含情，藝術技巧高明。《載酒園詩話又編》也比較了兩人之同異：「詩之亂頭粗服而好者，千載一淵明耳。樂天效之，便傷俚淺，唯王無功差得其仿佛」這是論兩人之同。又「彭澤、東皋皆素心之士。陶爲飢寒所驅，時有涼音；王黍秫果藥粗足，故饒逸趣。」〔註79〕這是就農耕生活的經濟狀況判斷兩人田園詩作中所顯現出的悲涼或逸趣之不同。

　　總之，當山水詩中包含了田園勞動時，我們亦將其歸爲一類來討論，畢竟山水田園詩派已在盛唐成爲主要自然詩風，而王績正好處在過渡階段。

二、孟浩然之山水詩──沿陶

　　在唐詩史進程中，孟浩然和王維在山水田園題材寫作上最引人注意。許總在《唐詩史》提及：「在開天時期足以與以高適、岑參爲代表的以風骨高搴爲主要審美祈向的邊塞詩形成並峙關係的另一核心，顯然是以王維、孟浩然爲代表的以自然天眞爲主要審美祈向的山水田園詩。」〔註80〕因此，在山水詩史進程中，當我們在進行溯源工作時，盛唐時期的王孟一定要談到，因爲唐詩人中的「王孟韋柳」四字幾乎已成爲山水田園詩派的詩學口頭禪了。

〔註79〕《唐詩彙評》，上冊，頁 29。
〔註80〕許總《唐詩史》上冊，（江蘇：江蘇教育出版社，1995 年 3 月第 2 次印刷），頁 508。

　　孟浩然是唐詩人中極少數一生未能謀得一官半職。而他的不出仕也是出於無奈，非自願式的歸隱山林。他多次在詩中表達強烈的出仕願望，如〈田園作〉：「粵余任推遷，三十猶未遇。……誰能爲揚雄，一薦甘泉賦。」〔註81〕又〈自潯陽泛舟經明（一作湖）海〉：「觀濤壯枚發，弔屈痛沈湘。魏闕心恆（一作常）在，金門詔不忘。遙憐上林雁，冰泮也（一作已）回翔。」〔註82〕

　　然而天總不從人願，有次孟浩然得罪了玄宗，失去了當官的機會。《新唐書‧孟浩然傳》：「維私邀入內署，俄而玄宗至，浩然匿床下，維以實對，帝喜曰：「朕聞其人而未見也，何懼而匿？」詔浩然出。帝問其詩，浩然再拜，自誦所爲，至「不才明主棄」之句，帝曰：「卿不求仕，而朕未嘗棄卿，奈何誣我？」因放還。」〔註83〕由於出仕之志一再遭受打擊，詩云「棄置鄉園老，翻飛羽翼摧。」〈送丁大鳳進士赴舉呈張九齡〉，因此他的歸隱終南山或鹿門山時的心情是與陶淵明歷經官場險惡後的心甘情願式的歸園田居是不同的。〔註84〕

　　不過，從隱逸之外衣看，孟浩然的確是尊崇陶淵明，對其志趣和作風極爲認同。如〈李氏園林臥疾〉表示：「我愛陶家趣，園林無俗情。」〈仲夏歸漢南園寄京邑耆舊〉稱：「嘗讀高士傳，最嘉陶徵君。」〈秋登張明府海亭〉謂：「歌逢彭澤令，歸賞故園間。」兩人在隱逸下的內心想法確實有一些差異，但兩人仍有傳承上的關係。正如馬莉英〈論孟浩然對陶淵明田園詩的繼承與創新〉一文所指出：「他繼承了陶詩把田園『作爲反樸歸眞的樂土、逃避污濁現實的桃源，以清新優美的風光、淳樸眞摯的田家、悠閑寧靜的生活爲基本內容，構成理想模式，與世俗對立』的文化內涵。」〔註85〕也就是說，孟的山水詩

〔註81〕《全唐詩》卷159，頁1627。

〔註82〕《全唐詩》卷159，頁1628。

〔註83〕《新唐書》，卷230，文藝下，〈孟浩然列傳〉，頁5779。

〔註84〕孟浩然〈留別王侍御維〉中說：「只應守索寞，還掩故園扉。」可看出隱居中帶有一點哀愁。

〔註85〕馬莉英〈論孟浩然對陶淵明田園詩的繼承與創新〉，韶關學院學報社

再結合陶的恬淡閒適的生活情調，孕育了山水田園詩不同題材合流的混血兒。〔註86〕我們舉〈采樵作〉和〈過故人莊〉兩詩說明，先看〈采樵作〉：

> 采樵入深山，山深樹重疊。橋崩臥槎擁，路險垂藤接。日
> 落伴將稀，山風拂蘿（一作薜）衣。長歌負輕策，平野望
> 煙歸。（《全唐詩》卷159，頁1627）

采樵是一種勞動生活，「橋崩臥槎擁，路險垂藤接」與陶詩「道狹草木長，夕露沾我衣」的艱困工作類似，「長歌負輕策，平野望煙歸。」以歌唱結束了采樵一天的辛苦，表達的是一種恬淡愉快的心情。這契合了陶淵明的「衣沾不足惜，但使願無違」的理想。整體來看，大都寫山景，但末句的平野則是山下的田園，山水與田園合流之跡明顯。

再看〈過故人莊〉：

> 故人具雞黍，邀我至田家。綠樹村邊合，青山郭外斜。
> 開筵面場圃，把酒話桑麻。待到重陽日，還來就菊花。
>
> （《全唐詩》卷160，頁1651）

此詩除寫田家風貌亦兼寫山景。如第三句寫田園景象為近景，再寫遠景青山斜立，頸聯則寫孟與友人閒話家常的眞情流露。結句表現「一片眞率款曲之意溢於言外。」〔註87〕我們可以感受孟浩然悠閒的生活情趣。

　　孟浩然有許多清新明麗的山水詩之作，如〈尋天台山〉〈武陵泛舟〉〈晚泊尋陽望廬山〉〈舟中曉望〉等詩。這些詩作讀後，恰如《唐詩鏡》所評：「孟浩然詩材雖淺窘，然語氣清亮，誦之有泉流石上、風來松下之音。」又《唐詩選脈會通評林》謂：「周珽曰：凡讀孟詩，眞若水石潺湲，風竹相吞，爐煙方裊，草木自馨，自有一種天然清曠之致。」山水自然有種「江清月近人」的親切感。

　　因此，孟浩然以其清淡疏簡的整體風格，爲盛唐山水詩的清純境

會科學，第29卷第5期，2008年5月，頁9。

〔註86〕孟浩然〈九日懷襄陽〉詩中：「誰采籬下菊？應閒池上樓」已將陶謝
　　　　詩句綰合在一起。

〔註87〕《唐詩摘鈔》，詳見陳伯海主編：《唐詩彙評》，頁539。

界呈示出其個性化的成功範型。〔註88〕

三、李白之山水詩——對二謝之接受

盛唐山水詩較爲人所注意的是王維、孟浩然,這是因其文學成就集中在山水田園的創作上,而李白的個性豪邁不拘,題材不限於一種,李白山水詩其實成就很高,他與南朝山水詩人謝靈運和謝朓有傳承關係而又有所創新,〔註89〕在盛唐山水詩史的進程上,王孟主要是沿著陶的系統而來,所謂山水田園詩派,而李白則是從二謝的系統下來,從山水詩發展的角度看,我們必須稍作這樣的區分以清楚山水詩這一類別的發展概況。

李白喜愛山水是不爭的事實,多次在詩**裏**表達,〈秋下荊門〉說:「此行不爲鱸魚鱠,自愛名山入剡中」,〈廬山謠寄盧侍御虛舟〉也說:「五岳尋仙不辭遠,一生好入名山游。」李白一生漫遊大江南北,南下揚州、越中、並至淮陰,又北游邯鄲、薊門、幽州等地,造訪許多名勝古蹟,所以也寫下爲數不少的山水詩,如〈東魯門泛舟〉、〈登太白峰〉、〈望廬山瀑布水〉等詩。

李白在山水詩的成就上不得不歸功於南朝山水詩人謝靈運和謝朓。李白的詩常提及這兩人:

<blockquote>
腳著謝公屐,身登青雲梯。(〈夢遊天姥吟留別(一作別東魯諸公)〉)

曾標橫浮雲,下撫謝朓肩。(〈贈宣城宇文太守兼呈崔侍御〉)

我吟謝朓詩上語,朔風颯颯吹飛雨。(〈酬殷明佐見贈五雲裘歌〉)

頓驚謝康樂,詩興生我衣。(〈酬殷明佐見贈五雲裘歌〉)

路創李北海,巖開謝康樂。(〈送王屋山人魏萬還王屋〉)

且從康樂尋山水,何必東遊入會稽。(〈與謝良輔遊涇川陵巖寺〉)
</blockquote>

〔註88〕《中國古代山水詩史》,頁217。
〔註89〕可詳參陳建華〈試論謝靈運和李白山水詩的文化性格——兼談李對謝詩的借鑑與超越〉,遼寧師範大學學報(社科版),1998年第1期,頁53~57。

我乘素舸同康樂，朗詠清川飛夜霜。(〈勞勞亭歌〉)

三山懷謝朓，水澹望長安。(〈三山望金陵寄殷淑〉)

聞道金陵龍虎盤，還同謝朓望長安。(〈答杜秀才五松見贈〉)

這些詩句顯示李白對二謝人格或詩風的景仰及稱頌。因此，二謝對李白的影響是非常深遠的。李白對謝靈運詩句的模倣之跡相當明顯，[註90]如：

大謝─〈登石門最高頂〉：「惜無同懷客，共登青雲梯。」

李─　〈夢遊天姥吟留別〉：「腳著謝公屐，身登青雲梯。」

大謝─〈石壁精舍還湖中作〉：「林壑斂暝色，雲霞收夕霏。」

李─　〈酬殷明佐見贈五雲裘歌〉：「襟前林壑斂暝色，袖上雲霞收夕霏。」

大謝─〈登池上樓〉：「池塘生春草」

李─　〈書情寄從弟邠州長史昭〉：「東風引碧草，不覺生華池。」

〈送舍弟〉：「他日相思一夢君，應得池塘生春草」

〈游謝氏山亭〉：「謝公池塘上，春草颯已生」

〈贈從弟南平太守之遙二首〉其一：「夢得池塘生春草，使我長價登樓詩」

由以上詩句並列觀察，第一例中，大謝的「共登青雲梯」與李白的「身登青雲梯」僅一字之差，第二例中，大謝的「林壑斂暝色，雲霞收夕霏」是物我分離，李白將自然之景招喚到身上，物我渾為一體，於是在大謝詩句的基礎上加上「襟前」「袖上」等字。而在第三例中，大謝的「池塘生春草」佳句被李白巧妙應用，或直接襲用，如「應得池塘生春草」「夢得池塘生春草」，或渾然合一，如「東風引碧草，不覺生華池。」「謝公池塘上，春草颯已生」。清宋長白《柳亭詩話》卷一『成句相襲』條云：「謝康樂『揚帆採石華，挂席拾海月。』李白『揚

─────────────

[註90] 關於李白在字法上或結構佈局上對謝靈運的效法可參考劉青海〈試論李白大謝體的五古紀游詩的字法〉，《文學遺產》，2005 年第 2 期，頁 138～140。

帆採石華，乘船鏡中入。』」直接指出李白對大謝詩句之套用。

永明時期謝朓在山水詩史的功績在於掃剔元嘉時期謝靈運詩的玄言尾巴，擺脫了玄言詩的影響。且在聲律技巧上有所創新，《南史》載其「好詩圓美流轉如彈丸」。〔註91〕李白對其更是推崇有加，如〈宣州謝朓樓餞別校書叔雲〉詩云：「蓬萊文章建安骨，中間小謝又清發。」肯定其在南朝詩壇上的地位。又如〈三山望金陵寄殷淑〉謂：「三山懷謝朓，水澹望長安」〈送儲邕之武昌〉稱：「諾爲楚人重，詩傳謝朓清。」這些詩句足以顯示李白對謝朓的接受意義。在詩句上我們也可看出李白向謝朓倣效之跡。如：

> 小謝—〈晚登三山還望京邑詩〉：「餘霞散成綺，澄江靜如練。喧鳥覆春洲，雜英滿芳甸」
>
> 李 —〈金陵城西樓月下吟〉：「解道澄江淨如練，令人長憶謝玄暉。」
>
> 　　〈秋夜板橋浦泛月獨酌懷謝朓〉：「漢水舊如練，霜江夜清澄。」
>
> 　　〈雨後望月〉：「萬里舒霜合，一條江練橫。」
>
> 小謝—〈觀朝雨詩〉：「朔風吹飛雨，蕭條江上來。既灑百常觀，復集九成臺。」
>
> 李 —〈酬殷明佐見贈五雲裘歌〉：「我吟謝朓詩上語，朔風颯颯吹飛雨。」
>
> 　　〈玉眞公主別館苦雨贈衛尉張卿二首〉：「空煙迷雨色，蕭颯望中來。」
>
> 　　〈早秋單父南樓酬竇公衡〉：「泰山嵯峨夏雲在，疑是白波漲東海。散爲飛雨川上來，遙帷卻卷清浮埃。」

從以上謝朓和李白的詩句對照中，第一例中，謝朓的名句「澄江靜如練」已影響到李白的「漢水舊如練」、「一條江練橫」詩句，謝朓的另一名句

〔註91〕《南史》：「又於御筵謂王志曰：「賢弟子文章之美，可謂後來獨步。朓常見語云，『好詩圓美流轉如彈丸』。近見其數首，方知此言爲實。」，卷22，〈王曇首列傳〉，頁609～10。

「朔風吹飛雨」，直接被李白襲用為「朔風颯颯吹飛雨」。而「空煙迷雨色」「散為飛雨川上來」句則加以變換謝朓詩句之意。種種事實具足，難怪清人王士禎〈論詩絕句〉一語首破李白「一生低首謝宣城」。

李白山水詩也可看出謝朓式的清澄之風，類似謝朓「澄江淨如練」之優美畫面。如〈秋登宣城謝朓北樓〉：

> 江城如畫<u>裏</u>，山曉望晴空。<u>兩水夾明鏡</u>，雙橋落彩虹。
> 人煙寒橘柚，秋色老梧桐。誰念北樓上，臨風懷謝公。

（《全唐詩》卷 180，頁 1839）

李白描寫秋登謝朓樓的景色，前六句寫清澈之風景，「望晴空」寫天氣清朗，兩水夾明鏡，寫湖面平靜清澄，此清景使其懷想起謝公。再如〈荊門浮舟望蜀江〉：

> 春水月峽來，浮舟望安極。正是桃花流，依然錦江色。
> <u>江色綠且明</u>，茫茫與天平。逶迤巴山盡，搖曳楚雲行。
> 雪照聚沙雁，花飛出谷鶯。芳洲卻已轉，碧樹森森迎。
> 流目浦煙夕，揚帆海月生。江陵識遙火，應到渚宮城。

（《全唐詩》卷 181，頁 1843）

「正是桃花流」以下數句著力在蜀江各角度的景物，有沙雁谷鶯碧樹煙雲等意象襯托出「江色綠且明」之主景。再如〈秋登巴陵望洞庭〉：

> 清晨登巴陵，周覽無不極。<u>明湖映天光</u>，<u>徹底見秋色</u>。
> 秋色何蒼然，<u>際海俱澄鮮</u>。<u>山青</u>滅遠樹，水綠<u>無寒煙</u>。
> 來帆出江中，去鳥向日邊。<u>風清</u>長沙浦，山空雲夢田。
> 瞻光惜頹髮，閱水悲徂年。北渚既蕩漾，東流自潺湲。
> 郢人唱白雪，越女歌採蓮。聽此更腸斷，憑崖淚如泉。

（《全唐詩》卷 180，頁 1838）

洞庭湖之清景在李白的筆下一一呈現，「明湖映天光」，「際海俱澄鮮」，「山青」，「無寒煙」，「風青」，這些句子的描寫，使讀者感受湖景的清新風貌。

以上三詩已具體表明了江湖在李白的筆下顯現出澄鮮透澈的清景，與謝朓「澄江淨如練」恰好連成一氣。當然李白山水詩的特色非

常多樣，若在此處論述恐偏離主題，故僅簡述李白與二謝之間的傳承關係，這在山水詩史上是有意義的。

四、王維之山水詩──開中唐五絕體式

大量以絕句形式創作山水詩者，王維可謂第一人。〔註92〕前此的謝靈運所寫的山水詩，大都使用五言古體的形式，沒有一首絕句。因此王維〈輞川集〉二十首在盛唐時期已開絕句體山水詩之風氣，或許會影響中唐山水詩的發展，所以在此先稍作討論。

《舊唐書王維傳》說：「維弟兄俱奉佛，居常蔬食，不茹葷血，晚年長齋，不衣文綵，得宋之問藍田別墅，在輞口，輞水周於舍下，別漲竹洲花塢，與道友裴迪浮舟往來，彈琴賦詩，嘯詠終日。嘗聚其田園所爲詩，號輞川集。」〔註93〕這段話指出王維信奉佛教，且晚年在風景秀麗的藍田別墅生活並創作二十首的〈輞川集〉詩。藍田別業是怎樣的地方呢？據《藍田縣志》所云：「輞川在縣正南，川口即嶢山之口，去縣八里。兩山夾峙，川水從此北流入灞，其路則隨山麓石爲之，計五里許，甚險狹，即所謂匾路也。過此則豁然開朗，四顧山巒掩映，若無路然，此第一區也。團轉而南，凡十三區，其景愈奇，計地二十里而至鹿苑寺，即王維別業。」由此可知，王維得江山之助，創作出流傳千古的山水詩篇。因爲王維信篤佛教，可能他的山水詩中會寓含禪理。

王維在〈輞川集〉序中提到：

> 余別業在輞川山谷，其遊止有孟城坳、華子岡、文杏館、
> 斤竹嶺、鹿柴（去聲）、木蘭柴、茱萸沜（潘上）、宮槐陌、
> 臨湖亭、南垞（音茶）、欹湖、柳浪、欒家瀨、金屑泉、白
> 石灘、北垞、竹里館、辛夷塢、漆園、椒園等。與裴迪閒

〔註92〕周嘯天在《唐絕句史》中說「王維和道友裴迪……各得絕句 20 首共
40 篇，描繪輞川一帶幽美景，攄寫詩人澄淡超脫的心境，風格清空
自然，編爲一集，以輞川爲題。從內容、手法到編集，實已前無古
人。」，頁 51。合肥：安徽大學出版社，1999 年。
〔註93〕《舊唐書》卷 190，文苑下，〈王維列傳〉，頁 5052。

暇各賦絕句云。〔註94〕

輞川山谷自然資源豐富，動靜對照中，充滿生命力。有山：孟城坳、華子岡、斤竹嶺、南垞、北垞、辛夷塢；有水：茱萸沜、欹湖、柳浪、欒家瀨、金屑泉、白石灘；有動物：飛鳥、白鷺；有植物：茱萸、文杏、辛夷；有人文建築：臨湖亭、竹里館等。因而王維與裴迪以絕句歌詠輞川山谷之自然美景，這是個心靈寄託的好地方。北宋郭熙《林泉高致・山水訓》：「山以水爲血脉，以草木爲毛髮，以烟雲爲神彩，故山得水而活，得草木而華，得烟雲而秀媚。水以山爲面，以亭榭爲眉目，以漁釣爲精神，故水得山而媚，得亭榭而明快，得漁釣而曠落，此山水之布置也。」由此可知，這裏相對於官場的虛僞，猶如人間淨土，無人干擾之地。

他在〈請施莊爲寺表〉中云：「臣亡母博陵縣君崔氏，師事大照禪師，三十餘載。褐衣蔬食，持戒安禪。<u>樂住山林，志求寂靜</u>。臣遂于藍田縣築山居一所。草堂精舍，竹林果園，並是亡親宴坐之餘，經行之所。臣往丈凶畔，當即發心：願爲伽藍，永劫追福。」這段話已明確說出王維輞川建造別業的眞正動機是「樂住山林，志求寂靜」。所以詩中多處不寫人來，只寫自然，暗示此地之「靜」。如：

〈北垞〉
北垞湖水北，雜樹映朱闌。
透迤南川水，明滅青林端。（《全唐詩》卷 128，頁 1301）

〈竹里館〉
獨坐幽篁<u>裏</u>，彈琴復長嘯。
深林人不知，明月來相照。（《全唐詩》卷 128，頁 1301）

〈辛夷塢〉
木末芙蓉花，山中發紅萼。
澗戶寂無人，紛紛開且落。（《全唐詩》卷 128，頁 1302）

〔註94〕請參〔唐〕王維著、〔清〕趙殿成箋注：《王右丞集箋注》（上海：上海古籍出版社，1998 年 8 月），頁 241。

〈欒家瀨〉

颯颯秋雨中，淺淺石溜瀉。

跳波自相濺，白鷺驚復下。(《全唐詩》卷 128，頁 1301)

上列四詩皆看出末句皆是動態，光影明滅，明月映照，花開花落，白鷺上下，但卻反襯出輞川之寂靜，意境高遠。《詩境淺說續編》評曰：「此詩（竹里館）言月下鳴琴，鳳篁成韻，雖一片靜景，而以渾成出之。」又《唐人絕句精華》亦評云：「欒家瀨、竹里館……皆一時清景與詩人興致相會合，故雖寫景色，而詩人幽靜恬淡之胸懷，亦緣而見，此文家所謂融景入情之作。」〔註 95〕兩段前人評論皆道出王維詩中寂靜之特色。另外，他的詩中多用佛教術語「空」字，靜中含蘊禪理。如：

〈孟城坳〉

新家孟城口，古木餘衰柳。

來者復爲誰，空悲昔人有。(《全唐詩》卷 128，頁 1299)

〈斤竹嶺〉

檀欒映空曲，青翠漾漣漪。

暗入商山路，樵人不可知。(《全唐詩》卷 128，頁 1300)

〈鹿柴〉

空山不見人，但聞人語響。

返景入深林，復照青苔上。(《全唐詩》卷 128，頁 1300)

禪學所主張的人生之路是內在超越的追求，認爲一切外在現象只是暫時存有，唯有求得內心平靜才是正道。《六祖壇經》說：「汝觀自本心，莫著外法相。」〔註 96〕又說：「菩提只向心覓，何勞向外求玄。」〔註 97〕王維詩中富有禪趣主要是晚年實際看破紅塵幻相而反映在〈輞川集〉中。功名利祿對王維而言，是一生追求的偉大理想，這也是一般士人建功立業的自然表現，但壯年經歷了仕途的失意，宦海浮沈的現實之後，

〔註 95〕陳伯海主編《唐詩彙評》上冊，浙江教育出版社，頁 342。

〔註 96〕聖印法師：《六祖壇經今譯》，（台北：天華出版社，民國 76 年 6 月 5 版），頁 156。

〔註 97〕聖印法師：《六祖壇經今譯》，頁 99。

晚年隱居在輞川別業，對於功名富貴已能看淡，先前的躁動，如今歸於平靜。壯年時的參佛只是理論，晚年的實際體驗才是眞正超脫。

〈孟城坳〉詩中前兩句寫人之新家和木柳之衰對照中，說明萬物只是幻相，沒有永遠的興盛，終究會隨時間而衰老，引出「空悲昔人有」的禪理，追求功名利祿只是一時，晚年仍歸空無。〈斤竹嶺〉前二句是寫竹子好態，山水美景。空曲表面寫竹子生長在山嶺彎曲的地方，實際暗喻王維官路之曲折，水面起漣漪不平靜。末兩句則轉入禪理，山路幽靜，樵人似乎不知此地，儼然將這**裏**形容爲世外桃源，樵人代表機心，而不入此山，則顯示此地之清靜。〈鹿柴〉中，首句是以視覺強調一切事物的幻象，雖是幻象，但卻眞實存有，所以接著以聽覺暗示山**裏**的確有人，末兩句則以光影往返投射在深林和青苔上，說明此地之空寂。王維山水詩中顯示禪機已有前人指出，如王士禎《帶經堂詩話》卷三:「唐人五言絕句，往往入禪，有得意忘言之妙，與淨名默然，達磨得髓，同一關捩，觀王裴《輞川集》及祖詠《終南殘雪》詩，雖鈍根初機，亦能妙悟。」

綜上可知，王維輞川集詩的審美特點在於靜和空兩字。正如張海沙在《初盛唐佛教禪學與詩歌研究》一書指出:「王維詩歌中的『空』與『靜』以佛教的宗教意蘊作爲理念內涵，結合王維自身『空』與『靜』的人生體驗，並通過具象的事物表現，這樣，『空』與『靜』便不僅只是一種宗教的概念，而是具有豐富的審美內涵。」〔註98〕王維在文學史上被稱作「詩佛」，在思想上，與道教「詩仙」李白，儒家「詩聖」杜甫，區別開來，各擅勝場，而在山水詩史的進程上，筆者除論及他的禪趣外，也略涉及他在絕句形式上的開創之功。

王維山水詩具有靜和空之審美特點，除了落實在絕句創作外，其在五律體山水詩亦表現得淋漓盡致。空是佛教用語，靜在山林中較能具體呈現，這兩個元素常交融在他的五律山水詩中。如〈山居秋暝〉詩曰:

〔註98〕張海沙:《初盛唐佛教禪學與詩歌研究》，(北京:中國社會科學出版社，2001 年)，頁 217。

　　空山新雨後，天氣晚來秋。明月松間照，清泉石上流。

　　竹喧歸浣女，蓮動下漁舟。隨意春芳歇，王孫自可留。

王維將秋暮雨霽的山景淡筆描繪出來，首句「空山新雨後」，著一空字，禪意已現，加以「明月松間照，清泉石上流。竹喧歸浣女，蓮動下漁舟」四句表達出自然界萬物互動和諧的畫面，水流月照，舟動女歸，每個主體皆自性具足，並以竹喧和水流之聲響暗示山居生活之寧靜。之所以能呈現物我交融的禪意境界，應與他在山居坐禪習慣有關。其詩常有提及，如：

　　夜坐空林寂，松風直似秋。(〈過感化寺曇興上人山院〉)

　　軟草承趺坐，長松響梵聲。(〈登辨覺寺〉)

　　薄暮空潭曲，安禪制毒龍。(〈過香積寺〉)

　　行到水窮處，坐看雲起時。(〈終南別業〉)

　　北窗桃李下，閒坐但焚香。(〈春日上方即事〉)

王維透過山居坐禪之修行，觀物時以摒除虛幻而短暫的外相為目的，所以山水景物在王維詩中則有變幻虛無的過程，如〈漢江臨泛〉：

　　楚塞三湘接，荊門九派通。江流天地外，山色有無中。

　　郡邑浮前浦，波瀾動遠空。襄陽好風日，留醉與山翁。

中間四句可看出王維觀物由實而虛而空的過程，江流和山色本是實有之存在，透過王維禪心觀照後，形成「天地外」和「有無中」的假相，直到最後的「動遠空」，體悟一切真相皆空相之禪理。其他如「寒山轉蒼翠，秋水日潺湲」(〈輞川閒居贈裴秀才迪〉)「白雲迴望合，青靄入看無」(〈終南山〉)諸句俱表達同樣之空境。而靜境則多用反襯手法表現，如「萬木樹參天，千山響杜鵑」(〈送梓州李使君〉)「泉聲咽危石，日色冷青松」(〈過香積寺〉)「雨中山果落，燈下草蟲鳴」(〈秋夜獨坐〉)其他各體之山水詩亦有空寂之境，如五古，「聲喧亂石中，色靜深松裏。」(〈青溪〉)以及「朝梵林未曙，夜禪山更寂。」(〈藍田山石門精舍〉)或是七絕，「山中習靜觀朝槿，松下清齋折露葵。」(〈積雨輞川庄作〉)……等等。

綜上諸多詩例顯示，王維五絕體式之開創意義及山水詩之特點在其空和靜。這些特點在他中晚年隱居終南山時較爲具體展現，正如他在〈酬張少府〉所說：「晚年惟好靜，萬事不關心。自顧無長策，空知返舊林。」以及〈終南別業〉：「中歲頗好道，晚家南山陲。」有了實際的隱居經驗及山居生活，加以本身具備畫家、詩人和居士等多重身份，故而創作出成熟而圓融之山水詩。

五、杜甫的山水詩──聯繫中唐韓孟

孟棨《本事詩》曾謂：「杜逢祿山之難，流離隴蜀，畢陳於詩，推見至隱，殆無遺事，故當時號爲『詩史』。」〔註99〕雖強調杜甫詩中反映社會現況的寫實精神，然其描繪自然風物的山水詩亦應注意。杜甫山水詩大致可分「漫游」「長安」「輾轉兵燹」「奔逃隴蜀」「卜居草堂」「漂流蜀中」「羈留夔州」「落魄荊湘」等八個時期，每個時期皆創作相當數量的山水詩。〔註100〕其中又以「奔逃隴蜀」和「羈留夔州」兩個時期的山水體會最具代表性。「奔逃隴蜀」期代表杜甫行旅過程中的山水感受，從甘肅秦州、同谷再到四川，旅程之艱險，使內心極度不安定，屬動態觀賞山水，居留地域時間不長，這部分的可怖山水描寫可以連繫韓孟的山水書寫。而「羈留夔州」期則是杜甫晚年最成熟亦安定的作品，居留時間約二年，屬靜態式觀賞山水。從旅行角度來看杜甫的心境，一動一靜，包容了旅行家遊山玩水的全部內涵，以下則擬探析這兩個時期的山水作品。杜甫自秦州南行至四川夔州過程中，就其前後相關的山川風物，我稱之爲州內山水，即秦州和夔州兩地的山水，另一山水書寫則爲州外山水，即行旅山水。這部份則涵蓋秦州到成都的旅程書寫。

杜甫山水詩的特點乃在於描繪山水景色中，寄寓了憂國憂民的悲

〔註99〕　《唐詩彙評》，頁 900。
〔註100〕　詳參唐曉玲〈儀態萬千不拘一格──試論杜甫對傳統山水詩藝術風格的開拓〉，《中國韻文學刊》2000 年第 1 期，頁 44～51。

憫情懷，如他在秦州所寫的一套五律體組詩《秦州雜詩二十首》：

> 滿目悲生事，因人作遠遊。遲迴度隴怯，浩蕩及關愁。
> 水落魚龍夜，山空鳥鼠秋。西征問烽火，心折此淹留。

杜甫在這夜不清且鳥鼠同居山穴的荒涼中，寄寓了對國家社會的「西征問烽火，心折此淹留」之關懷。我們再看他所描寫的秦州山川景象是如何：

> 苔蘚山門古（一作故），丹青野殿空。
> 月明垂葉露，雲逐渡溪風。

> 秋聽殷地發，風散入雲悲。抱葉寒蟬靜，歸來（一作山）
> 獨鳥遲。

> 浮雲連陣沒，秋草遍（一作滿）山長。

> 莽莽萬重山，孤城山（一作石）谷間。無風雲出塞，不夜
> 月臨關。

> 今日明人眼，臨池好驛亭。叢篁低地碧，高柳半天青。

> 雲氣接崑崙，涔涔塞雨繁。羌童看渭水，使客向（一作尚）
> 河源。

> 蕭蕭古塞冷，漠漠秋雲（一作風）低。黃鵠翅垂雨，蒼鷹
> 飢啄泥。

> 老樹空庭得，清渠一邑傳。秋花危石底，晚景臥鐘邊（一
> 作前）。

> 東柯好崖谷，不與眾峰群。落日邀雙鳥，晴天養（一作卷）
> 片雲。

> 邊秋陰易久（一作夕），不復辨晨光。簷雨亂淋幔，山雲低
> 度牆。

> 地僻秋將盡，山高客（一作夜）未歸。塞雲多斷續，邊日
> 少光輝。

在杜甫晚年時（約四十多歲）遇到唐代由盛轉衰的安史之亂，全國各地分崩離析，戰火四起，他在秦州所描寫的景物幾乎是昏暗雨冷，呈

現沈鬱悲涼的心境，景物中他加入對戰事的關心，如「西征問烽火，心折此淹留」、「哀鳴思戰鬥，迥立向蒼蒼」「屬國歸何晚，樓蘭斬未還」「東征健兒盡，羌笛暮吹哀」「煙火軍中幕，牛羊嶺上村」「薊門誰自北，漢將獨征西」「警急烽常報，傳聞（一作聲）檄屢飛」等句。亦加入了個人的身世之悲及前途茫茫之慨嘆，如「清渭無情極，愁時獨向東」「萬方（一作年）聲一概，吾道竟何之」「老夫如有此，不異在郊坰」「俯仰悲身世，溪風爲颯（一作肅）然」「采藥吾將老，兒童未遣聞」等句。在景物的描寫中加入了杜甫對戰事及人生慨嘆的內容是有別於南朝謝靈運和同處盛唐的王維、孟浩然的山水詩，呈現出鮮明的人文色彩。

　　其次，杜甫離開秦州後，南行展開一段困頓艱險的旅程，大致可分秦州到同谷縣及同谷到成都二段行程。自秦州到四川成都是條長遠的旅程，他說：「大哉乾坤內，吾道長悠悠」（發秦州）在這未知的旅程中，他的內心是憂慮且恐懼，其云：「應接非本性，登臨未銷憂」（發秦州）、「常恐死道路，永爲高人嗤」（赤谷）、「水寒長冰橫，我馬骨正折」（鐵堂峽）、「塞外苦厭山，南行道（一作登路）彌惡」（青陽峽）、「旅泊吾道窮（一作東），衰年歲時倦。」（積草嶺）、「終身歷艱險，恐懼從此數」（龍門閣）、「入舟已千憂，陟巘仍萬盤。」（水會渡）諸句已明言之。自秦州至同谷，他寫了〈發秦州〉、〈赤谷〉、〈鐵堂峽〉、〈鹽井〉、〈寒峽〉、〈法鏡寺〉、〈青陽峽〉、〈龍門鎮〉、〈石龕〉、〈積草嶺〉、〈泥功山〉、〈鳳凰臺〉、〈萬丈潭〉等詩，自同谷到成都，他寫了〈發同谷縣〉、〈木皮嶺〉、〈五盤〉、〈龍門閣〉、〈石櫃閣〉、〈桔柏渡〉、〈飛仙閣〉、〈劍門〉、〈白沙渡〉、〈水會渡〉、〈鹿頭山〉、〈成都府〉等詩。〔註101〕杜甫將沿途的山川景物細膩地描繪出來，如：

<hr>

〔註101〕　詩題後有注，今呈現如下：發秦州（原注：乾元二年，自秦州赴同
　　　　　谷縣紀行。）、鐵堂峽（鐵堂山在天水縣東五里，峽有鐵堂莊。）、
　　　　　鹽井（鹽井在成州長道縣，有鹽官故城。）、龍門鎮（龍門鎮在成
　　　　　縣東，後改府城鎮。）、積草嶺（原注：同谷縣界。）、鳳凰臺（原
　　　　　注：山峻不至高頂。方輿勝覽：鳳凰臺在同谷縣東南十里，二石如

日色隱孤戍，鳥啼滿城頭。……磊落星月高，蒼茫雲霧浮。（發秦州）

峽形藏堂隍，壁色立積（一作精）鐵。（鐵堂峽）

細泉兼輕冰，沮洳棧道溼。不辭辛苦行，迫（一作迨）此短景急。石門雪雲隘（一作溢），古鎮峰巒集。旌竿暮慘澹，風水白刃澀。（龍門鎮）

山峻路絕蹤，石林氣高浮。（鳳凰臺）

天寒昏無日，山遠道路迷。驅車石龕下，仲冬見虹蜺。（石龕）

連峰積長陰，白日遞隱見。颼颼林響交，慘慘石狀變。山分（一作外）積草嶺，路異明（一作鳴）水縣。（積草嶺）

山色（一作危）一徑盡，崖（一作岸）絕兩壁對。削成根虛無，倒影垂澹瀨（一作對，一作賴）。黑如（一作為，一作知）灣澴底，清見光炯碎。孤雲（一作峰）倒來深，飛鳥不在外。高蘿成帷（一作帳）幄，寒木累（一作壘，一作疊）旌斾。遠川曲通流，嵌竇潛洩瀨。（萬丈潭）

西崖特秀發，煥若靈芝繁。潤聚金碧氣，清無沙土痕。（木皮嶺）

五盤雖云險，山色佳有餘。仰凌棧道（一作閣）細，俯映江木疏。地僻無網罟，水清反多魚。好鳥不妄飛，野人半

闕。漢有鳳皇來棲，故名。）、萬丈潭（原注：同谷縣作，潭在縣東南七里。一本此詩編入七歌後，發同谷縣前。）、發同谷縣（原注：乾元二年十二月一日，自隴右赴劍南紀行。）、木皮嶺（嶺在同谷、河池兩縣間。黃巢亂，王鐸置關於此，路極險阻。）、五盤（七盤嶺在廣元縣北，一名五盤，棧道盤曲有五重。）、石櫃閣（石關橋在綿谷縣北一里，自城北至大安軍界，營關橋閣，共一萬五千三百一十六間，最著者石櫃、龍門。）、桔柏渡（在昭化縣）、飛仙閣（飛仙嶺在略陽東南，徐佐卿化鶴於此，故名。上有閣道百間，總名連雲棧。）、劍門（大劍、小劍二山，在劍州北二十里。全蜀外戶，兩崖陡闕如門，有閣道三十里。）、白沙渡（屬劍州）、鹿頭山（山上有關，在德陽縣治北。）。

巢居。（五盤）

危途中縈盤（一作縈盤道），仰望垂線縷。滑石敧誰鑿，浮梁裊相拄。目眩隕雜花，頭風吹過（一作過飛）雨。百年不敢料，一墜那得取。（龍門閣）

惟天有設險，劍門（一作閣）天下壯。連山抱西南，石角皆北向。兩崖崇墉倚，刻畫城郭狀。（劍門）

季冬（一作冬季）日已長，山晚半天赤。蜀道多早（一作草）花，江間饒奇石。石櫃曾波上，臨虛蕩高壁。清暉回群鷗，暝色帶遠客。（石櫃閣）

青冥寒江渡，駕竹爲長橋。竿涇煙（一作竹竿涇）漠漠，江永（一作水）風蕭蕭。連筊動婀娜，征衣颯飄飄。急流鴇鷁散，絕岸黿鼉驕。（桔柏渡）

土（一作出）門山行窄，微徑緣（一作徑微上）秋毫。棧雲闌干峻，梯石結搆牢。萬壑敧疏林（一作竹），積陰帶奔濤。寒日外澹泊，長風中怒號。（飛仙閣）

天寒荒野外，日暮中流半。我馬向北嘶，山猿飲相喚。水清石礧礧，沙白灘漫漫。（白沙渡）

大江動（一作當）我前，洶若溟渤寬。篙師暗理楫，歌笑輕波瀾。霜濃木石滑，風急（一作烈，一作列）手足寒。（水會渡）

翳翳桑榆日，照我征衣裳。我行山川異，忽在天一方。（成都府）

以上 17 例的山水景物描寫中，第一首以鳥啼和日色，渲染昏黃而淒涼之行路氣氛，第二首以峽形和壁色，刻畫鐵堂峽之特殊景觀，第三首寫出龍門鎮是古樸而群峰環集且雪雲繚繞之景象，第四首道出鳳凰台雲氣高浮之茫茫視域。第五首寫驅車石龕下捕捉到虹蜺之鏡頭，增添行旅中之驚喜。第六首藉由「颿颿林響交，慘慘石狀變」之描述，反應內心之不安。其他如「山峻路絕蹤，石林氣高浮」、「危途中縈盤（一作縈盤道），仰望垂線縷」「崖（一作岸）絕兩壁對」「仰凌棧道

（一作閣）細」「臨虛蕩高壁」的寫實山景，可知山路險絕，令人望之生畏，隨時可能一命嗚呼，即第十首所謂「百年不敢料，一墜那得取」。而「磧西五里石，奮怒向我落。」（青陽峽）則是行旅中的驚險畫面。旅途中或受到「熊羆哮我東，虎豹號我西。我後鬼長嘯，我前狨又啼。」（石龕）的怪物襲擊，或透過聲音迴盪渲染可怖氣氛，如「颼颼林響交，慘慘石狀變」「寒日外澹泊，長風中怒號」等句，恰好聯繫韓孟山水詩之可怖心境（詳後）。行至成都後，安慰自己說：「自古有羈旅，我何苦哀傷。」（成都府）

　　杜甫在成都興建草堂，居住幾年後，即沿長江東下，經忠州，而至夔州（今四川奉節）。在此地創作四百多首詩，著名的有〈秋興〉和〈登高〉等詩。杜甫以七絕形式的組詩描寫夔州的山水美景，在詩史上，是有意義的。以組詩形式描繪生活居住之地，自王維的輞川集已首開其源，經杜甫的開展後，中唐時期則蓬勃發展（詳如體式貢獻那章）。而夔州風物在杜甫筆下突出了什麼樣的特色呢？〈夔州歌十絕句〉介紹當地主要景點，如：

> 白帝高為三峽鎮，夔州（一作瞿唐）險過百牢關（關在漢中西南）。
>
> 赤甲白鹽俱刺天，閭閻繚繞接山巔。
>
> 武侯祠堂（一作生祠）不可忘，中有松柏參天長。

白帝城相傳是西漢末年公孫述在此建都，後來蜀漢劉備病逝於此。而赤甲白鹽兩座山是夔州境內著名的兩座山。武侯祠堂則是祭祀三國時期的諸葛孔明。此組詩的特點是寫山川景色時，寄寓了對家國的關懷之情，如其二云：

> 白帝夔州各異城（古白帝在夔州城東），蜀江楚峽混殊名（瞿唐舊名西陵峽，與荊州西陵峽相混）。英雄割據非天意，霸主（一作王）并吞在物情。

三句的英雄割據，顯然是對於唐帝國的藩鎮之禍感到憂心忡忡，各自為政，毫無向心力。又如其三：

群雄競起問（一作聞，一作向）前朝（音潮），王者無外見
今朝。比訝漁陽結怨恨，元聽舜日舊簫韶。

唐自安史之亂後，添設節度使管理藩鎮。各地將領擁兵自重，不聽中
央指揮，對唐帝國的統治造成巨大威脅，杜甫漂泊中國西南地帶，以
詩表達對國家安定的衷心祈願。再如其九：

武侯祠堂（一作生祠）不可忘，中有松柏參天長。干戈滿
地客愁破，雲日如火炎天涼。

杜甫對諸葛孔明的愛國情操相當尊崇，首句「武侯祠堂（一作生祠）
不可忘」則強調對國家社稷的大我精神是不可忘懷。除了在這種惆悵
的心情之外，他的寫景功力也有獨特之一面，如「楓林橘樹丹青合，
復道重樓錦繡懸」「背飛鶴子遺瓊蕊，相趁鳧雛入蔣牙」「晴沿狎鷗分
處處，雨隨神女下朝朝」「長年三老長歌裏，白晝（一作買）攤錢（一
作白馬灘前）高浪中。」「巫峽曾經寶屏見，楚宮猶對碧峰疑」等句。

　　筆者在初盛唐時期選了五個詩人來討論，試圖論述唐前期山水詩
人與南朝山水詩的傳承意義及開啓中唐山水詩的序幕。在此節所討論的
五大詩人，其主要理由是因爲在唐代前期出現了所謂的山水田園詩派，
其代表詩人即爲王績、王維、孟浩然，這是沿陶淵明的路線，之所以再
選李白乃因其與南朝詩人謝靈運謝朓有傳承關係，再選杜甫則因其行旅
和夔州兩個時期的山水詩，一動一靜，一屬旅程似的，一屬長居久住的，
主要的特點俱是在山水景物中加入愛國精神。這兩種類型正是我要深入
研究中唐山水詩的視角之一（即遊宦和貶謫兩章所論述）。

　　因此唯有採用史學的觀點，才能深刻理解中唐山水詩之前的發展
脈絡。正如王國瓔在《中國山水詩研究》所言：「及至唐代（618～907），
在因襲南朝文學遺產並且另闢新徑的詩歌發展過程中，王維、孟浩
然、韋應物、柳宗元等詩人，融匯了南朝的山水遊覽與田園情趣，更
賦予山水詩以新的生命。」〔註102〕簡言之，南朝山水詩出現了陶、
謝二大自然詩人，到了盛唐分爲二條主線，一條是沿著陶的路線下來

〔註102〕　《中國山水詩研究》，聯經出版社，頁149。

的王績及孟浩然山水詩，一條則是沿著二謝的路線下來的李白山水
詩。而開展中唐山水詩則是王維和杜甫，王維輞川集五絕體式開啓中
唐錢起等詩人的山水詩創作，而杜甫行旅時的可怖山水描寫恰好與中
唐韓愈、孟郊山水詩有了聯繫。

第四節　本章小結

　　本章主要就中唐以前之山水詩作一系統性的論述，由實際的詩歌
文本分析解讀，增加讀者對山水詩之起源及其發展過程有一清晰之概
念。以下則摘要我的論點：

　　第一，從先秦詩經、楚辭及兩漢的漢賦作品中，山水主要是作爲
詩人言志緣情的陪襯點綴之用，至魏晉時期，山水對人們來說有三個
概念，一是神仙世界，即游仙思想，二是精神家園，即隱居思想，三
是遊樂天堂，即遊覽思想。

　　第二，至南朝時期，以大量創作以歌詠山水自然爲審美對象的山
水詩的謝靈運爲鼻祖，再將南朝時的代表作家分成四類，即謝靈運的
玄理山水詩，謝朓的宦遊山水詩，帝王的宮廷遊宴山水詩，陶淵明的
田園山水詩。

　　第三，在初盛唐時期，不同詩人的山水詩有不同之側重點，王績
和孟浩然走沿陶路線，具有田園清淡之風，王維五絕體開中唐五絕體
之先，頗有禪意，李白走沿二謝路線，有些詩呈現出澄鮮之山水景象，
杜甫山水詩則寄寓了憂國憂民的悲憫情懷，其行旅時之可怖描寫影響
韓愈孟郊之山水書寫。

第三章　中唐詩人遊宦與山水詩創作

　　如果人生是一場旅程，那麼中唐詩人的人生便隨官職升降變化而有相異的旅程目的，當他們被貶官時，所遠赴的旅程的目的地則是貶地山水詩，當他們平調或升官時，所歷經的地方，則是以遊覽爲目的，所描寫的則是宦地山水詩。所以中唐詩人的仕履生涯可分爲或以貶謫或以遊宦等兩種旅程目的，表現在描寫地域的山水詩時，自然呈現不同的心境。而貶謫山水詩的詩人心境通常會對貶謫事件的追憶，從而有孤寂、舒悶、悲涼、思鄉等因素融入自然山水之中（詳如「中唐詩人貶謫與山水詩創作」之章）。

　　而本章則探討中唐詩人因平調或升官等因素，進而遊宦各地的山水詩，即所謂遊宦山水詩，它們是如何產生的呢？遊宦各地自然會有山水詩產生，尤其是江南地區在中唐詩期已成京洛之外的文化政治經濟中心，結合詩人遊宦至江南，以及環境優美等因素，故而大量創作山水詩是極其自然之事，所以大曆時期顏眞卿等人的江南聚會中，詩人們分工以聯句形式描繪風物，創作了山水詩聯句，以及元白等人亦在江南作過次韻形式的山水詩。另外，中唐詩人在公忙之餘，會尋找另一個精神家園以放鬆壓力，若是私人所蓋則有別業，若是公共聖地則有佛寺，居住或遊覽在別業或寺觀之自然環境中，自然也有山水詩作誕生。最後，依韋應物仕宦生涯來考察其山水詩創作。

第一節　大曆時期浙東和湖州文人集團之山水詩聯句

一、鮑防和顏眞卿先後任職於浙東和湖州

　　大曆時期有二位愛好文學的士人先後來到浙東和湖州擔任地方官員且帶動了聯句活動的作詩風氣，先是鮑防，後是顏眞卿。由於兩人聚集當地文人雅士，以詩會友，互爲聯句唱和，故而形成浙東和湖州兩大文人集團。浙東文人集團的詩歌作品收錄在《大曆浙東聯唱集》，而湖州文人集團的作品則集結在《吳興集》。〔註 1〕其作品零散紛亂，大致殘存在《全唐詩》或《顏魯公文集》或皎然《杼山集》。

〔註 1〕據《四庫全書總目提要・集部卷一四九集部二別集類二・顏魯公集
　　　十五卷補遺一卷年譜一卷附錄一卷》載曰：「唐顏眞卿撰。眞卿事蹟，
　　　具《唐書》本傳。其集見於《藝文志》者，有《吳興集》十卷，又
　　　《盧州集》十卷，《臨川集》十卷，至北宋皆亡。有吳興沈氏者，採
　　　掇遺佚，編爲十五卷。劉敞爲之序，但稱沈侯而不著名字。嘉祐中，
　　　又有宋敏求編本，亦十五卷，見《館閣書目》，江休復《嘉祐雜志》
　　　極稱其採錄之博。至南宋時，又多漫漶不完。嘉定間，留元剛守永
　　　嘉，得敏求殘本十二卷，失其三卷，乃以所見眞卿文別爲《補遺》，
　　　併撰次年譜附之，自爲後序。後人復即元剛之本，分爲十五卷，以
　　　符沈、宋二本之原數。沿及明代，留本亦不甚傳。今世所行，乃萬
　　　歷中眞卿裔孫允祚所刊，脫漏舛錯，盡失其舊。獨此本爲錫山安國
　　　所刻，雖已分十五卷，然猶元剛本也。眞卿大節炳著史冊，而文章
　　　典博莊重，亦稱其爲人。集中《廟享議》等篇，說禮尤爲精審。特
　　　收拾於散佚之餘，即元剛所編亦不免闕略。今考其遺文之見於石刻
　　　者，往往爲元剛所未收，謹詳加搜輯，得《殷府君夫人顏氏碑銘》
　　　一首，《尉遲迴廟碑銘》一首，《太尉宋文貞公神道碑側記》一首，《贈
　　　秘書少監顏君廟碑》、《碑側記》、《碑額陰記》各一首，《竹山連句詩》
　　　一首，《奉使蔡州詩》一首，皆有碑帖現存。又《政和公主碑》殘文、
　　　《顏元孫墓誌》殘文二篇，見《江氏筆錄》，《陶公棐里詩》見《困
　　　學紀聞》。今俱採出，增入《補遺》卷內。至留元剛所錄《禘祫議》，
　　　其文旣與《廟享議》複見，而篇末「時議者舉然」云云，乃《新唐
　　　書・陳京傳》敘事之辭，亦非眞卿本文。又《干祿字書序》乃顏元
　　　孫作，眞卿特書之刻石，元剛遂以爲眞卿文，亦爲舛誤。今　從刊
　　　削焉。後附《年譜》一卷，舊亦題元剛作，而譜中所列詩文諸目，
　　　多集中所無，疑亦元剛因舊本增輯也。元剛字茂潛，丞相留正之字
　　　子，官終起居舍人。」可知湖州文人集團的作品在歷代流傳中，散
　　　佚嚴重，整理不易。

　　就文人仕履經歷來看，浙東文人集團的兩大核心人物是鮑防和嚴維。鮑防在寶應元年至大曆五年（762～770）乃擔任浙東觀察使薛兼訓的從事官。嚴維則在大曆中，擔任秘書郎的職務。據《舊唐書・鮑防傳》卷一四六：「鮑防，襄州人。幼孤貧，篤志好學，善屬文。天寶末舉進士，爲浙東觀察使薛兼訓從事。」及《舊唐書・代宗李豫本紀・大曆五年》卷十一：「秋七月丁卯，以浙東觀察使、越州刺史、御史大夫薛兼訓爲檢校工部尚書、太原尹、北都留守，充河東節度使。」可知鮑防乃在大曆前期在越州任職。雖未任地方首長，然其號召力不可小覷也，穆員《工部尚書鮑防碑》稱道：「自中原多故，賢大夫以三江五湖爲家，登會稽者如鱗介之集淵藪，以公故也。」（《全唐文》卷七八三）可知因鮑防在會稽，而來會稽的文人多如過江之鯽。至於嚴維，他是越州人（越州、會稽、山陰均指一地），《嘉泰會稽志》卷十四「人物・文章」謂：「（嚴維）爲秘書郎。大曆中與鄭概、裴冕、徐嶷、王綱等宴其園宅，聯句賦詩，世傳浙東唱和。」可知鮑防之後，嚴維乃成爲浙東文人集團的第二領袖人物。

　　而湖州文人集團的兩大代表人物，第一是顏眞卿，第二是詩僧皎然。顏眞卿自大曆七年（772）九月至大曆十二年（777）四月近五年間擔任湖州刺史一職，之後奉詔回京任刑部尚書，在湖州他完成了《韻海鏡源》之編纂工作。據顏眞卿〈湖州烏程縣杼山妙善寺碑銘〉謂曰：「時大德僧皎然工於文什，惠達靈曄，昧於禪誦。相與言曰：『昔廬山東林，謝客有遺民之會；襄陽南峴，羊公流潤甫之詞。況乎茲山深邃，群士響集，若無記述，何以示將來？』乃左顧以求蒙，俾記詞而藏事。」以及《舊唐書・代宗李豫本紀・大曆十二年》卷十一：「刑部尚書顏眞卿獻所著《韻海鏡源》三百六十卷。」可證。至於編書一事，皎然有〈春日陪顏使君眞卿皇甫曾西亭會韻海諸生〉〈奉和顏使君眞卿修韻海畢州中重宴〉〈奉和顏使君眞卿修韻海畢會諸文士東堂重校〉等多首詩記之。其中〈春日陪顏使君眞卿皇甫曾西亭會韻海諸生〉則有描繪當年聚宴時之自然景象：「喧風眾木變，清景片雲無。

峰翠飄簷下，溪光照座隅。」集團第二號人物是皎然，他生於湖州，亦卒於湖州，是山水詩派開創者謝靈運之後裔，其《詩式》卷一論「文章宗旨」中，極爲推崇其祖謝靈運，曰：「康樂公早歲能文，性穎神澈。及通內典，心地更精，故所作詩，發皆造極。……至如〈述祖德〉一章，〈擬鄴中〉八首，〈經廬陵王墓〉、〈臨池上樓〉，識度高明，蓋詩中之日月也，安可攀援哉！」

就遊宦環境來看，越州山水秀麗，舉世皆知。其著名景點有鏡湖、剡溪、若耶溪之水，又有秦望、射的、石帆和石匱之山，以及禹廟、雲門、法華之寺。劉禹錫曾有詩句歌頌越州山水，〈酬浙東李侍郎越州春晚即事長句〉詩曰：「越中藹藹繁華地，秦望峰前禹穴西。湖草初生邊雁去，山花半謝杜鵑啼。青油畫卷臨高閣，紅旆晴翻繞古堤。明日漢庭徵舊德，老人爭出若耶溪。」再者，越州有許多的古事遺跡和歷史傳說，像是大禹、勾踐、秦始皇、王羲之、謝安、謝靈運等著名人物，至今仍爲人所樂道，而王羲之蘭亭宴集，謝安東山高臥，尤是代表性之事件。

湖州在太湖西南端，蘇州在其東北端，兩州位於太湖沿岸，多是名山勝水，像是湖州的杼山、峴山和霅溪。顏眞卿〈謝陸處士杼山折青桂花見寄之什〉：「群子遊杼山，山寒桂花白。綠黃含素萼，采折自逋客。忽枉巖中詩，芳香潤金石。全高南越蠹，豈謝東堂策。會愜名山期，從君恣幽覿。」又其〈杼山妙善寺碑銘〉：「其山勝絕，遊者忘歸，前代亦名稽留山。」已將杼山之殊勝景觀形容相當深入。至於峴山在中國境內則有二處，一是襄陽的峴山，一是湖州的峴山。李白〈峴山懷古〉曾歌詠襄陽峴山：「訪古登峴首，憑高眺襄中。天清遠峰出，水落寒沙空。」形谷峴山之高偉。至於顏眞卿與諸文士所登峴山則是湖州峴山。他們集體寫下〈登峴山觀李左相石尊聯句〉，形式上是山水詩聯句。而霅溪之美景，張籍曾歌詠之，〈霅溪西亭晚望〉詩云：「霅水碧悠悠，西亭柳岸頭。夕陰生遠岫，斜照逐迴流。」

由於鮑防和顏眞卿在大曆時期來到美麗山水的浙東和湖州地方任職，這就有可能促進山水詩的創作。

二、文士宴集與山水詩聯句的創作

　　一般而言，每首詩的創作者理當僅有一位，如果由二位（含）以上的作者集體寫成一首詩的話，我們稱之爲聯句詩。聯句詩的產生必須是一群能詩能文的官員或文士在某個盛大的場所，基於遊戲、競才、消遣、雅興等因素，與會者則會賦詩吟詠，你一句我一句（或以上），集體創作，從而達到士人宴集的實際功用，如中唐時期的顏眞卿之湖州文人集團的聯句體詩作，即爲一顯例（詳後）。文人宴集時，則免不了歌頌自然山水，如太宗朝楊師道的安德山池聚會。《舊唐書·楊恭仁列傳第十二》卷六十二載曰：「恭仁少弟師道，……封安德郡公·……師道退朝後，必引當時英俊，宴集園池，而文會之盛，當時莫比。」全唐詩中有七首〈安德山池宴集〉，分別由岑文本、劉洎、褚遂良、楊續、上官儀、李百藥、許敬宗等七人，以五言十二句體式描寫山水景色，可惜未創作聯句詩。此七人所寫的詩作中屬山水詩者，如下所示：

> 甲第多清賞，芳辰命羽卮。書帷通竹徑，琴臺枕槿籬。
> 池疑夜壑徙，山似鬱洲移。雕楹網蘿薜，激瀨合填蘺。
> 鳥戲翻新葉，魚躍動清漪。自得淹留趣，寧勞攀桂枝。
> （岑文本）
>
> 戚里歡娛地，園林矚望新。山庭帶芳杜，歌吹口十陽春。
> 臺榭疑巫峽，荷蕖似洛濱。風花縈少女，虹梁聚美人。
> 宴遊窮至樂，談笑畢良辰。獨嘆高陽晚，歸路不知津。
> （許敬宗）
>
> 伏檻丹霞外，遮園煥景舒。行雲泛層阜，蔽月下清渠。
> 亭中奏趙瑟，席上無燕裾。花落春鶯晚，風光夏葉初。
> 良朋比蘭蕙，雕藻邁瓊琚。獨有狂歌客，來承歡宴餘。
> （褚遂良）
>
> 狹斜通鳳闕，上路抵青樓。簪紱啓賓館，軒蓋臨御溝。
> 西城多妙舞，主第出名謳。列峰疑宿霧，疏壑擬藏舟。
> 花蝶辭風影，蘋藻含春流。酒闌高宴畢，自反山之幽。
> （楊續）

安德山池是初唐重臣楊師道退朝時所建。山池景觀乃仿實際大自然而造，即詩中所謂「池疑夜壑徙，山似鬱洲移」「臺榭疑巫峽，荷葉似洛濱」，山池內有「花落春鶯晚，風光夏葉初」「鳥戲翻新葉，魚躍動清漪」活活潑潑的動植物生態，在文人宴集之下，它們自然成爲詩人的歌詠對象，這也說明了文人聚會下，山水詩或山水詩聯句產生的可能性。

聯句乃濫觴於漢武帝築柏梁臺，與群臣賦詩，七言一句，句句用韻，集體寫成一首詩，此謂柏梁臺聯句。《文心雕龍·明詩》：「聯句共韻，則柏梁餘制。」魏晉六朝期間，又有劉駿〈華林都亭曲水聯句效佰梁體詩〉蕭綱〈曲水聯句詩〉顏測〈七夕連句詩〉〈九日坐北湖聯句詩〉等聯句詩創作。至唐代若粗以初盛中唐來分，初唐則有中宗皇帝〈十月誕辰內殿宴群臣效柏梁體聯句〉中宗皇帝〈景龍四年正月五日移仗蓬萊宮御大明殿會吐蕃騎馬之戲因重爲柏梁體聯句〉盛唐則有肅宗皇帝〈賜梨李泌與諸王聯句〉李白〈改九子山爲九華山聯句：李白、高霽、韋權輿〉杜甫〈夏夜李尚書筵送宇文石首赴縣聯句〉。中唐最盛，有顏眞卿、皎然、陸羽等的〈七言重聯句〉，也有韓愈、孟郊的〈城南聯句〉，也有劉禹錫、白居易、裴度、張籍的〈宴興化池亭送白二十二東歸聯句〉，晚唐則有文宗皇帝〈夏日聯句〉宣宗皇帝〈瀑布聯句〉以及皮日休和陸龜蒙的〈獨在開元寺避署頗懷魯望因飛筆聯句〉。[註2] 王勝明《論唐代聯句詩的特徵》一文提出一些統計資料可供參考，他說：

> 聯句詩數量與參與人員的激增無疑是其發展最具說服力的指標。回顧其發展歷程，自武帝等作柏梁詩，到唐建國的370 餘年間，共 137 人參與創作 39 首聯句詩。而僅從全唐詩統計，唐代 286 年間，便創作聯句 141 首，參加者達 185人。換算成便於比較的數字，則知，唐代聯句創作的時間僅爲先唐 2/5，數量卻爲其 3.6 倍，聯句人數爲 1.4 倍。其

〔註2〕詳見王勝明《論唐代聯句詩的特徵》(內蒙古大學學報 (人文社會科學版)，第 37 卷第 4 期，2005 年 7 月)，頁32。

中，大曆前僅 6 首，大曆後達 135 首，後者爲前者 22.5 倍，
占總數的 90%；參加聯句者，大曆前僅 50 人，而大曆後達
135 人，後者爲前者 2.7 倍，占總數的 73%。再從微觀分析，
先唐時期，人均創作 0.31 首，而在唐代，人均達 0.76 首，
爲先唐 2.5 倍，其中，大曆前人均 0.12 首，大曆後則達到
人均 1 首，後者又爲前者 8.3 倍。

據王先生的研究數據顯示，漢魏六朝共 137 人參與聯句詩創作，數量
僅 37 首。而唐代則有 187 人創作聯句詩，數量有 141 首。換言之，
自漢代柏梁詩聯句創作開始，直到唐末，創作聯句詩的數量只有 178
首，不到二百首。再微觀分析唐代，以大曆爲分界點，大曆前僅 6 首，
大曆後則有 135 首。可見唐代自大曆後，作聯句的詩數和人數皆增多
了，而大曆時期則是由浙東和湖州集團文人所奠基的。

　　就聯句的起源來看，最初的機緣是漢武帝宴集柏梁臺而命群臣各
賦一句詩，句句用韻，每句七言，謂之柏梁體。這是一場以政治爲主
角而文學爲陪襯的聚會。之後的魏朝則多是文學爲主而政治爲輔的聚
會。三曹父子乃是兼有政治家和文學家兩種身份，由於帝王熱愛文
學，故而形成了由曹操所領導的鄴下文人集團。這文人集團多有遊宴
詩作，然未有聯句創作。謝靈運〈擬魏太子鄴中集詩序〉：「建安末，
時余在鄴宮，朝遊夕宴，究歡愉之極。天下良辰、美景、賞心、樂事，
四者難并，今昆弟友朋，二三諸彥，共盡之矣。」再如《文心雕龍·
時序》：「自獻帝播遷，文學蓬轉。建安之末，區宇方輯。魏武以相王
之尊，雅愛詩章；文帝以副君之重，妙善辭賦；陳思以公子之豪，下
筆琳琅，并體貌英逸，故俊才雲蒸。」以及《鍾嶸·詩品序》：「降及
建安，曹公父子，篤好斯文；平原兄弟，鬱爲文棟；劉楨王粲，爲其
羽翼。次有攀龍托鳳，自致於屬車者，蓋將百計。彬彬之盛，大備於
時矣。」可見當時文人聚會時賦詩吟詠之盛況。晉朝則有蘭亭集會，
據《晉書·王羲之列傳第五十》卷八十所載：「羲之雅好服食養性，
不樂在京師，初渡浙江，便有終焉之志。會稽有佳山水，名士多居之，

謝安未仕時亦居焉。孫綽、李充、許詢、支遁等皆以文義冠世，並築
室東土，與羲之同好。嘗與同志宴集於會稽山陰之蘭亭，羲之自爲之
序以申其志。」〔南朝宋〕孝武帝劉駿則又有仿漢武帝柏梁體，與群
臣集體創作，而有〈華林都亭曲水聯句效佰梁體詩〉傳世。畢竟這些
聯句詩作的數量甚少（37 首，如前所引），較少有學者注意。

　　至唐朝時，聯句創作以中晚唐爲夥，主要有八大聯句集團，即鮑
防、顏眞卿、皎然、李益、韓孟、劉白、段成式、皮陸等集團。〔註3〕
若從地點區分來看的話，景遐東的研究可爲參考：

> 全唐詩中的聯句詩，以盛唐後期李白在池州九華山與宣州
> 高霽、韋權輿的聯唱爲發端，永泰初宣州劉太眞與袁修等
> 東峰亭聯唱繼之，到浙東鮑防、嚴維和稍後的浙西顏眞卿、
> 皎然等大規模詩會進入高潮；然後是貞元間皎然顏況、韋
> 應物、孟郊等繼續推進、再到長慶間元白蘇杭詩會，元和
> 初韓愈、孟郊、張籍的長安聯句，大和間白居易、劉禹錫、
> 李紳等的洛陽詩會聯句，再一次興起聯句高潮，之後稍沈
> 寂了一段時間，唐末皮日休、陸龜蒙蘇州唱和聯句，則可
> 是唐代文人詩會聯唱的收結。〔註4〕

中晚唐聯句創作在長安有韓孟聯句，在洛陽有劉白聯句，在浙東（越
州）有鮑防，在浙西有（湖州）顏眞卿，在蘇杭有元白詩會，在蘇州
有皮陸聯句。而聯句未必是在文人宴集時而作，像韓孟〈城南聯句〉，
篇幅之冗，就很難在宴會現場創作。清人趙甌北則認爲：「至《城南》

〔註3〕王勝明〈論唐代聯句詩的特徵〉一文列出七大集團，其成員名單
　　　如下：皮陸集團有皮日休、陸龜蒙；段成式集團有段成式、張希
　　　復、鄭符；李益集團有李益、廣宣；劉白集團有劉禹錫、裴度、
　　　白居易、張籍行式；顏眞卿集團有顏眞卿、劉全白、皎然、李益、
　　　張薦、陸羽、耿湋；韓孟集團有韓愈、孟郊；皎然集團有皎然、
　　　湯衡、潘述、崔邁。我認爲應再加上浙東鮑防集團，其成員有鮑
　　　防、嚴維、呂渭、謝良輔、丘丹、陳允初、謝良弼、裴晃、周頌、
　　　沈仲昌、袁邕。
〔註4〕景遐東〈論中唐時期江南地區的詩酒文會〉（湖北師範學院學報（哲
　　　學社會科學版）第25卷第4期），頁10。

一首，則一千五六百字，自古聯句，未有如此之冗者。」〔註59〕

　　以上略述聯句詩的發展概況，以下則針對大曆時期以鮑防和顏真卿為核心的兩大聯句集團的山水詩聯句作一分析，文本乃由《全唐詩》輯出。鮑防集團主要的山水詩聯句是〈狀江南十二詠〉，顏真卿集團所創作山水詩聯句有〈與耿湋水亭詠風聯句〉〈登峴山觀李左相石尊聯句〉〈又溪館聽蟬聯句〉〈秋日盧郎中使君幼平泛舟聯句一首〉〈五言夜宴詠燈聯句〉〈五言玩初月重遊聯句〉〈五言夜集聯句〉〈五言重送橫飛聯句〉等。〈狀江南十二詠〉以五言四句體式歌詠江南美景，其詩如下：

> 江南季春天，蓴葉細如弦。
> 池邊草作逕，湖上葉如船。（嚴維〈狀江南：季春〉）
>
> 江南季冬月，紅蟹大如瓜扁。
> 湖水龍爲鏡，爐峰氣作煙。（丘丹〈狀江南：季冬〉）

〔註59〕清人趙翼《甌北詩話・韓昌黎詩》卷三謂：「聯句詩，王伯大以爲古無此體，實創自昌黎。沈括則謂〔虞廷《賡歌》，漢武《柏梁》，已肇其端。晉賈充與妻李氏遂有連句。六朝以前謂之連句，見《梁書》及《南史》。其後陶、謝諸公，亦偶一爲之。何遜集中最多，然皆寥寥短篇，且文義不相連屬，仍是各人之制而已。〕是古來原有此體，特長篇則始自昌黎耳。今觀韓集中《會合聯句》，則昌黎及孟郊、張籍、張徹四人所作：《石鼎聯句》，則軒轅彌明、侯喜、劉師命所作，獨無昌黎名，或謂彌明即昌黎託名也：《郾城夜會聯句》，則昌黎與李正封所作：其他如《同宿》一首，《納涼》一首，《秋雨》一首，《雨中寄孟幾道》一首，《征蜀》一首，《城南》一首，《遠遊》一首，《鬥雞》一首，皆韓、孟二人所作。大概韓、孟俱好奇，故兩人如出一手：其他則險易不同。然即二人聯句中，亦自有利鈍。惟《鬥雞》一首，通篇警策。《遠遊》一首，亦尚不至散漫。《征蜀》一首，至一千餘字，已覺太冗，而段落尚覺分明。至《城南》一首，則一千五六百字，自古聯句，未有如此之冗者。以《城南》爲題，景物繁富，本易填寫，則必逐段勾勒清楚，方醒眉目。乃遊覽郊墟，憑弔園宅，侈都會之壯麗，寫人物之殷阜，入林麓而思遊獵之娛，過郊壇而述禋祀之肅。層疊鋪敍，段落不分，則雖更增千百字，亦非難事，何必以多爲貴哉！近時朱竹垞、查初白有《水碓》及《觀造竹紙》聯句，層次清澈，而體物之工，抒詞之雅，絲絲入扣，幾無一字虛設。恐韓、孟復生，亦歉以爲不及也。」

江南孟夏天，慈竹筍如編。

蜃氣爲樓閣，蛙聲作管弦。（賈弇〈狀江南：孟夏〉）

江南仲秋天，鱘鼻大如船。

雷是樟亭浪，苔爲界石錢。（沈仲昌〈狀江南：仲秋〉）

江南仲春天，細雨色如煙。

絲爲武昌柳，布作石門泉。（謝良輔〈狀江南：仲春〉）

江南孟冬天，荻穗軟如綿。

綠絹芭蕉裂，黃金橘柚懸。（謝良輔〈狀江南：孟冬〉）

江南孟春天，荇葉大如錢。

白雪裝梅樹，青袍似葑田。（鮑防〈狀江南：孟春〉）

江南孟秋天，稻花白如氈。

素腕漸新藕，殘妝妒晚蓮。（鄭概〈狀江南：孟秋〉）

江南仲冬天，紫蔗節如鞭。

海將鹽作雪，山用火耕田。（呂渭〈狀江南：仲冬〉）

江南季夏天，身熱汗如泉。

蚊蚋成雷澤，袈裟作水田。（范燈〈狀江南：季夏〉）

江南仲夏天，時雨下如川。

盧橘垂金彈，甘蕉吐白蓮。（樊珣〈狀江南：仲夏〉）

江南季秋天，栗熟大如拳。

楓葉紅霞舉，蒼蘆白浪川。（劉蕃〈狀江南：季秋〉）

〈狀江南〉一詩是由嚴維、丘丹、賈弇、沈仲昌、謝良輔、鮑防、鄭概、呂渭、范燈、樊珣、劉蕃等人共同創作的山水詩聯句，主要描寫江南四季不同的景象，其中嚴維、謝良輔和鮑防等三人寫春天之景，賈弇、范燈和樊珣寫夏天之景，沈仲昌、鄭概、劉蕃寫秋天之景，丘丹、謝良輔、呂渭寫冬天之景，他們所使用的句法相似，開頭皆以「江南○○天」之句式，其中○○可替換季節，點明季節特點，如「江南季春天」「江南仲夏天」「江南仲冬天」。再用譬喻法形容植物或雨勢，如「荻穗軟如綿」「栗熟大如拳」「時雨下如川」「細雨色如煙」結尾

二句則描寫動植物生態，如「池邊草作逕，湖上葉如船」「湖水龍爲鏡，爐峰氣作煙」「楓葉紅霞舉，蒼蘆白浪川」「綠絹芭蕉裂，黃金橘柚懸」「蜃氣爲樓閣，蛙聲作管弦」等句，將江南優美風光及豐富物產活潑地呈現出來，全詩俱押下平一仙韻，音韻和諧，令人嚮往！

再看顏眞卿、裴幼清、楊憑、楊凝、左輔元、陸士修、權器、陸羽、皎然、耿湋、喬、陸涓等人所作〈與耿湋水亭詠風聯句〉：

> 清風何處起，拂檻復縈洲【案：裴幼清。】。回入飄華幕，輕來疊晚流【案：楊憑。】。桃竹今已展，羽翣且從收【案：楊凝。】。經竹吹彌切，過松韻更幽【案：左輔元。】。直散青蘋末，偏隨白浪頭【案：陸士修。】。山山催雨過，浦浦發行舟【案：權器。】。動樹蟬爭噪，開簾客罷愁【案：陸羽。】。度弦方解慍，臨水已迎秋【案：顏眞卿。】。涼爲開襟至，清因作頌留【案：皎然。】。周回隨遠夢，騷屑滿離憂【案：耿湋。】。豈獨銷繁暑，偏能入迥樓【案：喬。】。王風今若此，誰不荷明休【案：陸涓。】。

這首山水詩聯句是由顏眞卿、皎然、耿湋等人共同創作，每人二句，押同韻，共二十四句。由詩題〈與耿湋水亭詠風聯句〉，可知以詠風爲題材，詩之前十六句正是寫風景。再看顏眞卿、劉全白【案：評事。後爲膳部員外郎。守池州。】、裴循【案：長城縣尉。】、張薦、吳筠、強蒙【案：處士。善醫。】、范縉、王純、魏理【案：評事。】、王修甫、顏峴【案：眞卿兄子。】、左輔元【案：撫州人。】、劉茂【案：魏縣尉。】、顏渾【案：眞卿族弟。官太子通事舍人。】、楊德元、韋介、皎然【案：名書。】、崔弘、史仲宣、陸羽、權器【案：校書郎。】、陸士修【案：嘉興縣尉。】、裴幼清、柳淡、釋塵外【案：自號北山子。】、顏顓【案：顏眞卿族姪。】、顏須【案：顏眞卿族姪。】、顏頊【案：顏眞卿族姪。】、李崿（山　咢）【案：字伯高。趙人。擢制科。歷官廬州刺史。】等人所作〈登峴山觀李左相石尊聯句〉：

> 李公登飲處，因石爲窪尊【案：顏眞卿。】。人事歲年改，峴山今古存【案：劉全白。】。榛蕪掩前跡，苔蘚餘舊痕【案：

裴循。】。叔子尚遺德，山公此迴軒【案：張薦。】。維舟陪高興，感昔情彌敦【案：吳筠。】。藹藹賢哲事，依依離別言【案：強蒙。】。嶇嶔橫道周，迢遞連山根【案：范縉。】。餘烈曖林野，眾芳揖蘭蓀【案：王純。】。德暉映巖足，勝賞延高原【案：魏理。】。遠水明匹練，因晴見吳門【案：王修甫。】。陪遊追盛美，揆德欣討論【案：顏峴。】。器有成形用，功資造化元【案：左輔元。】。流霞方沘淡，別鶴遽翩翻【案：劉茂。】。舊規傾逸賞，新興麗初暾【案：顏渾。】。醉後接䍦倒，歸時騘騎喧【案：楊德元。】。遲迴向遺跡，離別益傷魂【案：韋介。】。覽事古興屬，送人歸思繁【案：皎然。】。懷賢久徂謝，贈遠空攀援【案：崔弘。】。八座欽懿躅，高名播乾坤【案：史仲宣。】。松深引閒步，葛弱供險捫【案：陸羽。】。花氣酒中馥，雲華衣上屯【案：權器。】。森沈列湖樹，牢落望郊園【案：陸士修。】。白日半巖岫，清風滿丘樊【案：裴幼清。】。旌麾間翠幄，簫鼓來朱轓【案：柳淡。】。開路躡雲影，清心澄水源【案：釋塵外。】。萍連浦中嶼，竹繞山下村【案：顏頵。】。景落全谿暗，煙凝半嶺昏【案：顏須。】。去日往如復，換年涼代溫【案：顏頊。】。登臨繼風騷，義激舊府恩【案：李崿。】。

詩題李左相指的是唐太宗曾孫李適之。據說他在任湖州別駕時，曾與同僚登峴山歡飲，後人在其登山顛處建有洼尊亭以紀念。前四句交待李左相石尊之人事已非，然峴山仍屹立不搖。全詩結構乃由每人兩句書寫，一韻到底，詩人群龐大，有顏眞卿、陸羽、皎然等著名文士，寫峴山相關之歷史人物，也寫登峴山之自然景色。「嶇嶔橫道周」以下數句則多寫峴山景物，如「餘烈曖林野」「遠水明匹練」「新興麗初暾」「松深引閒步」「白日半巖岫」「煙凝半嶺昏」諸句，將峴山之美景如實顯現。再看顏眞卿、畫等人所作〈五言夜集聯句〉：

寒花護月色，墜葉占風音【案：畫。】。茲夕無塵慮，高雲共片心【案：顏眞卿。】。

這是顏眞卿和晝（皎然）所合寫的山水詩聯句，篇幅極短，然意境幽遠。再看顏眞卿、李崿、晝等人所作〈五言重送橫飛聯句〉：

> 春田草未齊，春水滿長溪【案：崿上十二兄。】。出餞風初暖，攀光日漸西【案：顏眞卿。】。歸期江上遠，別思月中迷【案：晝。】。

此詩共六句，三人合寫，屬送別式的山水詩聯句，情景交融。再看顏眞卿、楊憑、楊凝、權器、陸羽、耿湋、喬【案：失姓。】、裴幼清、伯成【案：失姓。】、皎然等人所作〈又溪館聽蟬聯句〉：

> 高樹多涼吹，疏蟬足斷聲【案：楊憑。】。已催居客感，更使別人驚【案：楊凝。】。晚夏猶知急，新秋別有情【案：權器。】。危湍和不似，細管學難成【案：陸羽。】。當戲附金重，無貪曜火明【案：顏眞卿。】。青松四面落，白髮一重生【案：耿湋。】。向夕音彌厲，迎風翼更輕【案：喬。】。單嘶出迴樹，餘響思空城【案：裴幼清。】。嘒唳松間坐，蕭寥竹裡行【案：伯成。】。如何長飲露，高潔未能名【案：皎然。】。

此詩在描寫蟬聲中，帶出又溪館所處的自然環境，如「高樹多涼吹，疏蟬足斷聲」、「嘒唳松間坐，蕭寥竹裡行」等句。再看清晝、盧藻、盧幼平【案：郎中。吳興守。】、陸羽、潘述、李恂、鄭述誠等人所作〈秋日盧郎中使君幼平泛舟聯句一首〉：

> 共載清秋客船，同瞻包蓋朝天【案：藻。】。悔使比來相得，如今欲別潸然【案：幼平。】。漸驚徒馭分散，愁望雲山接連【案：晝。】。魏闕馳心日日，吳城揮手年年【案：羽。】。送遠已傷飛雁，裁詩更切嘶蟬【案：述。】。空懷鄠杜心醉，永望門欄胆捐【案：恂。】。別思無窮無限，還如秋水秋煙【案：述誠。】。

這首山水詩聯句是六言句式，全詩共十四句。雖寫泛舟之景，然其中可體會出送別之情。再看眞卿、陸士修、張薦、晝、袁高等人所作〈五言夜宴詠燈聯句〉：

> 桂酒牽詩興，蘭釭照客情【案：士修。】。詎慚珠乘朗，不

讓月輪明【案：薦。】。破暗光初白，浮雲色轉清【案：眞卿。】。帶花疑在樹，比燎欲分庭【案：晝。】。顧已慚微照，開簾識近汀【案：高。】。

這首山水詩聯句在詠燈景之時，同時也帶出了「破暗光初白，浮雲色轉清」之景。再看眞卿、張薦、李崿、晝等人〈五言玩初月重遊聯句〉：

春谿與岸平，初月出谿明【案：薦上十二老丈。】。璧彩寒仍潔，金波夜轉清【案：崿。】。孤光遠近滿，練色往來輕【案：眞卿。】。望望隨蘭櫂，依依出柳城【案：晝。】。

此詩八句俱在寫泛舟之水景，景色清麗。中唐山水詩聯句除了上述鮑防和顏眞卿集團之外，尚有劉白集團的〈春池泛舟聯句〉〈西池落泉聯句〉〈首夏猶清和聯句〉〈晴喜聯句〉等山水詩聯句，在此不再論述。

第二節　江浙地方官之山水詩創作

中唐時期有許多詩人至江浙地區任職，在蘇州任職的有三人：劉長卿、韋應物和白居易，在杭州任職的有白居易，在越州任職的有元稹。以下則分蘇州、杭州、越州等三地分別討論。

劉長卿在至德二載（757）約三十二歲時，釋褐蘇州長州縣尉，在三十三歲時，攝海鹽令，兩地皆爲蘇州屬縣也。其間作有〈過橫山顧山人草堂〉〈明月灣尋賀九不遇〉〈餞別王十一南遊〉〈陪元侍禦遊支硎山寺〉等山水詩。先看〈過橫山顧山人草堂〉：

祇見山相掩，誰言路尚通。人來千嶂外，犬吠百花中。

細草香飄雨，垂楊閒臥風。卻尋樵徑去，惆悵綠溪東。

橫山在蘇州西南處。據清人黃之雋等撰《江南通志・蘇州府・山川》卷十二：「橫山，在府西南十一里，姑蘇山東。」中間兩聯所帶出的山景充滿生機，百花、細草香、垂楊風，加上犬吠其間，構成一幅千嶂人訪圖，寫景細緻。再看〈明月灣尋賀九不遇〉：

楚水日夜綠，傍江春草滋。青青逼滿目，萬里傷心歸。

故人川上復何之，明月灣南空所思。故人不在明月在，

誰見孤舟來去時。

明月灣在太湖中洞庭山附近。據皮日休〈太湖詩：明月灣〉前有序曰：
「……於是太湖之中，所謂洞庭山者，得以恣討，凡所歷皆圖籍般爲
靈異者，遂爲詩二十章，以志其事。」及詩中謂「曉景澹無際，孤舟
恣迴環。試問最幽處，號爲明月灣。」劉長卿突出了明月灣綠意盎然
的特點，即詩中所說「楚水日夜綠，傍江春草滋。青青遙滿目，萬里
傷心歸。」等句。而將明月灣的風景寫得極爲活潑生動者，應屬白居
易〈夜泛陽塢入明月灣即事寄崔湖州〉中的「掩映橘林千點火，泓澄
潭水一盆油。龍頭畫舸銜明月，鵲腳紅旗蘸碧流」之句也。再看〈餞
別王十一南遊〉：

> 望君煙水闊，揮手淚霑巾。飛鳥沒何處，青山空向人。
> 長江一帆遠，落日五湖春。誰見汀洲上，相思愁白蘋。

五湖指的是太湖。宋人樂史《太平寰宇記・蘇州吳縣》卷九一謂：「太
湖中有貢湖、遊湖、胥湖等名，是謂五湖。一云週五百里，曰五湖。」
劉長卿落筆於太湖的落日及煙水迷濛之景，景中點綴著飛鳥和青山和
孤帆，表達對送行友人之濃情。再看〈陪元侍禦遊支硎山寺〉：

> 支公去已久，寂寞龍華會。古木閉空山，蒼然暮相對。
> 林巒非一狀，水石有餘態。密竹藏晦明，群峰爭向背。
> 峰峰帶落日，步步入青靄。香氣空翠中，猿聲暮雲外。
> 留連南臺客，想像西方內。因逐溪水還，觀心兩無礙。

支硎山在蘇州吳縣。據《太平寰宇記・蘇州吳縣》卷九一謂：「支硎，
晉高士支道林遁跡憩遊其上，故有此名。」「林巒非一狀」表明劉長
卿觀景之細微，與元侍御遊山之際，所見之古木、水石、密竹、群峰、
落日、青靄、香氣、猿聲等山景意象一一寫入詩中，末句出以「觀心
兩無礙」之禪理，可見遊山之心愜。

　　劉長卿之後，韋應物也來到蘇州當地方官。他除了在洛陽和長安
擔任中央官職外，也做過滁州、江州和蘇州等地的刺史。今先討論其
蘇州山水詩。他在貞元五年至七年期間在蘇州作有〈秋夜寄丘二十二
員外〉〈登重玄寺閣〉〈與盧陟同遊永定寺北池僧齋〉〈遊靈巖寺〉〈遊

開元精舍〉等山水詩,大多數可見韋應物遊佛寺的山水詩,以下逐一探析,先看〈登重玄寺閣〉:

> 時暇陟雲構,晨霽澄景光。始見吳都大,十里鬱蒼蒼。
> 山川表明麗,湖海吞大荒。合遝臻水陸,駢闐會四方。
> 俗繁節又暄,雨順物亦康。禽魚各翔泳,草木遍芬芳。
> 於茲省疲俗,一用勸農桑。誠知虎符忝,但恨歸路長。

韋應物登蘇州重玄寺閣所見之景乃氣勢宏闊,寰宇之內,物產豐隆,頗見其視察轄區之意也。「十里鬱蒼蒼」和「湖海吞大荒」二句,可見此寺之高,足以飽覽四周空闊之美景,而「禽魚各翔泳,草木遍芬芳」則道出萬物生態之和諧共處,此詩無禪意亦無禪理,一脫佛寺詩之俗套也。再看〈與盧陟同遊永定寺北池僧齋〉:

> 密竹行已遠,子規啼更深。綠池芳草氣,閒齋春樹陰。
> 晴蝶飄蘭逕,遊蜂繞花心。不遇君攜手,誰復此幽尋。

韋應物與其甥盧陟同遊永定寺,將密竹、子規、綠池、芳草、春樹、晴蝶、遊蜂、蘭花等山林之物象一一入鏡,顯示生機蓬勃。再看〈遊靈巖寺〉:

> 始入松路永,獨忻山寺幽。不知臨絕檻,乃見西江流。
> 吳岫分煙景,楚甸散林丘。方悟關塞眇,重軫故園愁。
> 聞鐘戒歸騎,憩澗惜良遊。地疏泉穀狹,春深草木稠。
> 茲焉賞未極,清景期杪秋。

「吳岫分煙景,楚甸散林丘」兩句乃刻畫山景,而「地疏泉穀狹,春深草木稠。」乃是山林中的景象,末兩句可見韋應物遊興未減。再看〈遊開元精舍〉:

> 夏衣始輕體,遊步愛僧居。果園新雨後,香臺照日初。
> 綠陰生晝靜,孤花表春餘。符竹方爲累,形跡一來疏。

韋應物描寫開元寺的生態欣欣向榮,中間四句顯示雨後日初的山寺情景,未落禪語禪意,末句頗見哲理。以上韋應物的佛寺山水詩,可見其刻畫細微,全詩無一禪語,以濃筆現出山景樣貌,他也有淡筆呈現山景,如〈秋夜寄丘二十二員外〉:

懷君屬秋夜，散步詠涼天。空山松子落，幽人應未眠。

一句「空山松子落」渲染出幽靜的山林氛圍，由居住環境看出丘員外之人生格調。

蘇州之地的詩人官員，除了劉長卿和韋應物外，再來就是白居易。白居易先任杭州刺史，再任蘇州刺史。白居易在忠州約二年，後則改任司馬員外郎，調回長安。長慶二年（822），五十一歲時，請求外任，授杭州刺史。〔註6〕此次行走路線與上次貶至江州相同，再東行至杭州。在杭州刺史任內，與當時在會稽鎮守的元稹以竹筒貯詩傳遞，相互酬唱，傳為美談。〔註7〕又在此地「築堤捍江」，政績匪淺。〔註8〕長慶四年（824），五十三歲時，回到洛陽任左庶子。敬宗寶曆元年（825），五十四歲時，再到蘇州任刺史，任期約一年。他說：「老除吳郡守，春別洛陽城。」（〈除蘇州刺史別洛城東花〉）所以杭蘇兩地之山水詩是白居易五十幾歲時的作品，歷時約五年。他在〈喜罷郡〉中說：「五年兩郡亦堪嗟，偷出遊山與看花。」其間留下許多優美之山水詩，以下則逐一分析：如〈錢塘湖春行〉詩云：

孤山寺北賈亭西，水面初平雲腳低。

幾處早鶯爭暖樹，誰家新燕啄春泥。

〔註6〕《舊唐書》：「時天子荒縱不法，執政非其人，制禦乖方，河朔復亂。居易累上疏論其事，天子不能用，乃求外任。七月，除杭州刺史。」卷166，〈白居易列傳〉，頁4353。

〔註7〕《唐語林》「文學」條載曰：「白居易，長慶二年以中書舍人為杭州刺史，替嚴員外休復。……後元稹鎮會稽，參其酬唱，每以筒竹盛詩來往。」詳見〔宋〕王讜撰，周勛初校證：《唐語林校證》（北京：中華書局，1997年第2次印刷），頁144。又據白居易所言：「為向兩州郵吏道，莫辭來去遞詩筒。」（〈醉封詩筒寄微之〉），又言：「揀得琅玕截作筒，緘題章句寫心胸。」（〈與微之唱和來去常以竹筒貯詩陳協律美而成篇因以此答〉）又曰：「比在杭州，兩浙唱和詩贈答，於筒中遞來往。」（〈秋寄微之十二韻〉）

〔註8〕李商隱〈唐刑部尚書致仕贈尚書右僕射太原白公墓碑銘〉綜述白居易一生時，謂：「又貶杭州。既至，築堤捍江，分殺水孔道，用肥見田。發故鄴侯泌五井，淨儲甘清，以變飲食。循錢塘上下民，迎禱祠神，伴侶歌舞。」詳見陳友琴編：《白居易資料彙編》，頁7。

亂花漸欲迷人眼，淺草纔能沒馬蹄。

最愛湖東行不足，綠楊陰**裏**白沙堤。(《全唐詩》卷443，頁4957)

錢塘湖之美景是由孤山寺、賈亭、白沙堤等人文景觀和湖水、雲腳、早鶯、新燕、亂花、淺草、綠楊等自然景觀所構成，再加上迷人眼、沒馬蹄和行不足之遊覽活動，恰如一幅詩人春遊賞景圖。其間的白沙堤是白居易最魂縈夢牽之所，據說是他任杭州刺史時所築建，但清人毛奇齡則持否定看法。〔註9〕不管眞相如何，白沙堤爲歷代遊人提供了閒步賞景的便利。再如〈春題湖上〉：

湖上春來似畫圖，亂峰圍繞水平鋪。

松排山面千重翠，月點波心一顆珠。

碧毯線頭抽早稻，青羅裙帶展新蒲。

未能拋得杭州去，一半勾留是此湖。(《全唐詩》卷446，頁5003)

白居易使用比喻之修辭技巧，將西湖美景形容得美妙至極，以千重翠比喻松樹，一顆珠比喻明月，碧毯線頭比喻早稻，青羅裙帶比喻新蒲，所譬之物，平易近人，具體而明白，藝術技巧高妙。再如〈江樓晚眺景物鮮奇吟玩成篇寄水部張員外〉：

澹煙疏雨間斜陽，江色鮮明海氣涼。

蜃散雲收破樓閣，虹殘水照斷橋梁。

風翻白浪花千片，雁點青天字一行。

好著丹青圖畫取，題詩寄與水曹郎。(《全唐詩》卷443，頁4962)

江樓所見之景是立體的畫面，三句寫海市蜃樓之虛幻景象，四句寫虹霓倒映江面之變化，五句寫江面起風，吹起千片浪花，六句寫一行歸雁飛翔，白居易從江面和青天之空間中，選取若干景物加以構詞，栩栩如生，宛如一幅美麗的圖畫。再如〈孤山寺遇雨〉：

拂波雲色重，灑葉雨聲繁。水鷺雙飛起，風荷一向翻。

〔註9〕 清人毛奇齡《西河合集》辯云：「杭州錢塘湖中有一堤，穿於湖心。作志者初稱白堤，後稱白公堤，謂白樂天爲刺史時所築。及讀樂天〈杭州春望〉詩有云『誰開湖寺西南路，草綠裙腰一道斜。』則並非白築，未有己所開堤而反曰誰開者。」詳見陳友琴編：《白居易資料彙編》，頁241。

空濛連北岸，蕭颯入東軒。或擬湖中宿，留船在寺門。

（《全唐詩》卷 443，頁 4960）

水鷺風荷，一飛一翻，點綴在空濛的雨景中，格外生動悅目。再如〈西湖晚歸回望孤山寺贈諸客〉：

柳湖松島蓮花寺，晚動歸橈出道場。

盧橘子低山雨重，棕櫚葉戰水風涼。

煙波澹蕩搖空碧，樓殿參差倚夕陽。

到岸請君回首望，蓬萊宮在海中央。（《全唐詩》卷 443，頁 4959）

四句的「棕櫚葉戰」生動展現風吹葉子有如戰爭景象，六句的樓殿倚夕陽，將樓殿擬人化，賦與人類嬌妮姿態。末句的「蓬萊宮在海中央」更暗示此地宛如人間仙境。再如〈江樓夕望招客〉：

海天東望夕茫茫，山勢川形闊復長。

燈火萬家城四畔，星河一道水中央。

風吹古木晴天雨，月照平沙夏夜霜。

能就江樓銷暑否，比君茅舍較清涼。（《全唐詩》卷 443，頁 4961）

此詩寫江樓銷暑之特點，五六兩句從觸覺效果上，表現此地清涼可駐，「燈火萬家城四畔，星河一道水中央」則寫入夜後之繁華炫麗，星河倒影之景象。再如〈杭州春望〉：

望海樓明照曙霞，護江堤白蹋晴沙。濤聲夜入伍員廟，柳色春藏蘇小家。紅袖織綾誇柿蒂，（杭州出柿，蒂花者尤佳。）青旗沽酒趁梨花。（其俗釀酒，趁梨花時熟，號爲梨花春。）誰開湖寺西南路，草綠裙腰一道斜。（孤山寺路在湖洲中，草綠時，望如裙腰。）（《全唐詩》卷 443，頁 4959）

伍員廟和蘇小家是歷史古蹟。柿蒂和梨花酒是名產。末句的裙腰一詞更生動表現了孤山寺路斜之特色，相當傳神。再如〈餘杭形勝〉：

餘杭形勝四方無，州傍青山縣枕湖。遠郭荷花三十里，拂城松樹一千株。夢兒亭古傳名謝，教妓樓新道姓蘇。（州西靈隱山，上有夢謝亭，即是杜明浦夢謝靈運之所，因名客兒也，蘇小小本錢唐妓人也。）獨有使君年太老，風光不稱白髭鬚。（《全唐詩》卷 443，頁 4961）

荷花三十里，松樹一千株，已妝點出杭州之綠意環境。夢兒亭和教妓樓則是很有歷史味道的人文景觀。再如〈宿湖中〉：

> 水天向晚碧沉沉，樹影霞光重疊深。
> 浸月冷波千頃練，苞霜新橘萬株金。
> 幸無案牘何妨醉，縱有笙歌不廢吟。
> 十隻畫船何處宿，洞庭山腳太湖心。(《全唐詩》卷447，頁5024)

前四句可見詩人煉句之工，千頃練和萬株金，景象壯觀，光彩奪目。待了一年後，從蘇州返回洛陽途中，也有一些山水描寫，如〈早發赴洞庭舟中作〉：

> 閶門曙色欲蒼蒼，星月高低宿水光。
> 櫂舉影搖燈燭動，舟移聲拽管弦長。
> 漸看海樹紅生日，遙見包山白帶霜。
> 出郭已行十五里，唯消一曲慢霓裳。(《全唐詩》卷447，頁5024)

五六句寫景句紅生日，白帶霜，令人回味，末句則顯露白居易離別之依依。

透過以上詩篇之分析，杭蘇一帶之勝景，確實十分吸引人，尤其寫景對仗句，如：

> 松排山面千重翠，月點波心一顆珠。
> 蠶散雲收破樓閣，虹殘水照斷橋梁。
> 風翻白浪花千片，雁點青天字一行。
> 水鷺雙飛起，風荷一向翻。
> 盧橘子低山雨重，棕櫚葉戰水風涼。
> 煙波澹蕩搖空碧，樓殿參差倚夕陽。
> 燈火萬家城四畔，星河一道水中央。
> 風吹古木晴天雨，月照平沙夏夜霜。
> 望海樓明照曙霞，護江堤白蹋晴沙。
> 濤聲夜入伍員廟，柳色春藏蘇小家。
> 遠郭荷花三十里，拂城松樹一千株。
> 漸看海樹紅生日，遙見包山白帶霜。
> 浸月冷波千頃練，苞霜新橘萬株金。

以上引句，精巧簡達，可見其山水詩之高超藝術。這些寫景佳句皆可作為後人作詩之參考。

　　與白居易並稱元白的元稹也曾到過江浙一帶任官，兩人關係密切。元稹（779～831）自小家貧，八歲喪父，由母親教育。〔註10〕二十五歲娶妻韋叢，其後有妾安氏，繼室裴淑，共育有四女，一子。三十一歲受宰相裴垍提拔為監察御史。同年七月，妻子韋叢卒，年僅二十七。同時已生白髮。〔註11〕三十二歲曾遭宦官劉士元以鞭擊傷顏面。三十三歲納安氏為妾。三十五歲患瘧疾日久未癒，白居易寄藥關切。三十六歲時，白居易丁母憂以來，既貧且病，元稹分俸濟之。三十七歲至通州，染瘴，白居易寄穀衫、紗袴關懷。三十八歲任通州司馬，白居易寄蘄州竹簟。元稹回寄綠絲布、白輕容，同年請假在涪州與裴淑結婚，同歸通州。三十九歲時，在閬州開元寺壁上題寫白居易詩，而居易在江州，題寫元稹詩於屏風上。同年（元和十二年，817），隨唐節度使李愬擒吳元濟，淮西平。〔註12〕四十六歲時，元白唱和頻繁，常以竹筒貯詩遞送。四十九歲，《元白唱酬集》結集。五十一歲九月，為尚書左丞。五十二歲時，檢校戶部尚書，兼鄂州刺史御史大夫武昌軍節使。五十三歲，大和五年七月，暴卒。其間元稹在江陵府五年，通州四年，浙東七年。〔註13〕

　　在詩史發展過程中，元稹在樂府詩的貢獻較為詩論家所注意。如宋人張邦基《墨莊漫錄》：「白樂天作〈長恨歌〉，元微之作〈連昌宮詞〉皆紀明皇時事也。予以謂微之之作過樂天。」又明人何良俊《四友齋叢說》：「至如白太傅〈長恨歌〉、〈琵琶行〉，元相〈連

〔註10〕《舊唐書》：「稹八歲喪父。其母鄭夫人，賢明婦人也，家貧，為稹自授書，教之書學。」卷166，〈元稹列傳〉，頁4327。

〔註11〕元稹〈酬代書〉自注：予今年始三十二，去歲已生白髮。

〔註12〕傅璇琮主編：《唐五代文學編年史‧中唐卷》，瀋陽：遼海出版社，頁772。

〔註13〕以上關於元稹事跡大略，詳見卞孝萱：《元稹年譜》，（濟南：齊魯書社，1980年6月第1版），共二冊。

昌宮詞〉，皆是直陳時事，而鋪寫詳密，宛如畫出，使今世人讀之，猶可想見當時之事，餘以為當為古今長歌第一。」元稹山水詩幾乎不被論及。若就《舊唐書・元稹傳》所謂：「在郡二年，改授越州刺史、兼御史大夫、浙東觀察使。會稽山水奇秀，稹所辟幕職，皆當時文士，而鏡湖、秦望之遊，月三四焉。而諷詠詩什，動盈卷帙。副使竇鞏，海內詩名，與稹酬唱最多，至今稱蘭亭絕唱。稹既放意娛遊，稍不修邊幅，以瀆貨聞於時。凡在越八年。」〔註14〕似乎晚年對會稽山水景物的描寫詩作應該有一定的數量，而元白兩人以竹筒傳詩及互為酬唱已形成特別的次韻山水詩，以下則探討兩人在江浙一帶的次韻唱和。

首先，我先說明何謂「次韻」？所謂的「次韻」是指兩人以上（含）以詩詞形式來往唱和，原唱與和唱之間須依序押相同韻腳，如元稹〈別後西陵晚眺〉和白居易〈答微之泊西陵驛見寄〉中所使用的「臺」和「迴」二韻。原詩如下：

> 元稹原唱：晚日未拋詩筆硯，夕陽空望郡樓臺。與君後會知何日，不似潮頭暮卻迴。

> 白居易和詩：煙波盡處一點白，應是西陵古驛臺。知在臺邊望不見，暮潮空送渡船迴。

元稹在詩中透過西陵臺晚眺，對白居易思念之情融入潮水暮景中。這種一來一往的和韻詩在唐代有三種情況，或次韻，或依韻，用用韻。宋人劉攽《中山詩話》解釋說：「唐詩賡和，有次韻（先後無易），有依韻（同在一韻），有用韻（用彼韻，不必次）。」〔註15〕其中詩史上出現次韻的交流方式乃首創於元白二人。宋人程大昌《考古編》卷七〈古詩分韻〉謂：「唐世次韻，起元微之、白樂天，二公自號元和體，曰古未之有也。」又宋人嚴羽《滄浪詩話・詩評》言：「和韻最害人詩。古人酬唱不次韻，此風始盛于元、白、皮、陸。本朝諸賢，乃以

〔註14〕《舊唐書》卷166，〈元稹列傳〉，頁4336。
〔註15〕詳見〔清〕何文煥輯《歷代詩話》上冊，頁289。

此而鬥工，遂至往復有八九和者。」〔註16〕而運用次韻的方式交流的
心理因素則在於逞異誇能、「爭能鬥巧」。清人趙翼《甌北詩話・白香
山詩》卷四又說：「古來但有和詩，無和韻。唐人有和韻，尚無次韻；
次韻實自元、白始。依次押韻，前後不差，此古所未有也。而且長篇
累幅，多至百韻，少亦數十韻，爭能鬥巧，層出不窮，此又古所未有
也。以此另成一格，推倒一世，自不能不傳。」〔註17〕

　　上述所論的次韻只是唱和詩的一環而已，就發展歷史來看，唱和
詩主要有和意及和韻兩種內涵。唱和詩首先從東晉末年陶淵明開始，
在中唐之前，古人作詩與友朋交往唱和主要是和意不和韻，直到元白
兩人之間的和答詩才產生和韻之現象。〔註18〕在這些和答詩中的山水
景色描寫就成爲元白山水詩區別於其他詩人的特點。以下則分析兩人
間的酬唱山水詩。元稹〈酬樂天早春閒遊西湖頗多野趣恨不得與微之
同賞因思在越宮重事殷鏡湖之遊或恐未暇因成十八韻見寄樂天前篇
到時適會予亦宴鏡湖南亭因述目前所睹以成酬答末章亦示暇誠則勢
使之然亦欲粗爲恬養之贈耳（浙東時作）〉詩云：

> 雁思欲回賓，風聲乍變新。各攜紅粉伎，俱伴紫垣人。水面
> 波疑縠，山腰虹（音降）似巾。柳條黃大帶，茭葑（茭葑，
> 草根。）綠文茵。雪盡繞通屐，汀寒未有蘋。向陽偏曬羽，
> 依岸小遊鱗。浦嶼崎嶇到，林園次第巡。墨池憐嗜學，丹井
> 羨登眞。（逸少墨池、稚川丹井，皆越中異跡。）雅歡游方盛，
> 聊非意所親。白頭辭北闕，滄海是東鄰。問俗煩江界，蒐畋
> 想渭津。故交音訊少，歸夢往來頻。獨喜同門舊，皆爲列郡
> 臣。三刀連地軸，一葦礙車輪。尚阻青天霧，空瞻白玉塵。
> 龍因雕字識，犬爲送書馴。**勝事無窮境，流年有限身。**懶將
> 閒氣力，爭鬥野塘春。（全唐詩卷408，12冊，頁4536）

〔註16〕詳見〔清〕何文煥輯《歷代詩話》下冊，頁699。

〔註17〕詳見《清詩話續編》上冊，頁1175。

〔註18〕詳見趙以武〈和意不和韻試論中唐以前唱和詩的特點與體制〉，《甘
　　　　肅社會科學》1997年第3期。

此詩是依敘事、寫景、抒情之結構展開的。前四句可見其好女色之本性。其登山伴是「各攜紅粉伎」。元稹一生中有二妻一妾，育有四女一子，八歲後因父喪而由母親撫育長大，他的上下代的家庭成員中以女性居多，可能這是他對女性有特別喜好之因。我們再比較原唱者白居易〈早春西湖閒遊悵然興懷憶與微之同賞因思在越官重事殷鏡湖之遊或恐未暇偶成十八韻寄微之〉詩所說：

　　上馬復呼賓，湖邊景氣新。管弦三數事，<u>騎從十餘人</u>。
　　立換登山屐，行攜漉酒巾。<u>逢花看當妓</u>，遇草坐爲茵。
　　西日籠黃柳，東風蕩白蘋。小橋裝雁齒，輕浪騖魚鱗。
　　畫舫牽徐轉，銀船酌慢巡。野情遺世累，醉態任天眞。
　　彼此年將老，平生分最親。高天從所願，遠地得爲鄰。
　　雲樹分三驛，煙波限一津。翻嗟寸步隔，卻厭尺書頻。
　　浙右稱雄鎭，山陰委重臣。貴垂長紫綬，榮駕大朱輪。
　　出動刀槍隊，歸生道路塵。雁驚弓易散，鷗怕鼓難馴。
　　百吏瞻相面，千夫捧擁身。自然閒興少，應負鏡湖春。

（全唐詩卷 446，13 冊，頁 5002）

南朝山水詩人謝靈運「尋山陟嶺，必造幽峻，巖嶂千重，莫不備盡」，率僮僕數百人著木屐，所謂「謝公屐」，登山隊伍盛大，被臨海太守王琇誤爲山賊，所以隨行者應爲男性。而白居易也效法謝靈運，登山隊伍規模小了些，「騎從十餘人」，這些隨行者也應爲男性，「逢花看當妓」說明將途中所見之野花當作美麗歌妓陪伴，所以登山之行應沒有女性。由於紅粉伎之陪伴，所以元稹所描述的山水景物也較柔性小巧，疑縠、似巾、大帶、文茵、曬羽、小遊鱗、丹井等詞皆是。詩的最後加入感慨，「勝事無窮境，流年有限身。」對於生命有限，自然無窮有深層之體悟，這可能與其患瘧疾和染瘴有關。若從次韻角度看，兩詩偶數句之韻腳皆爲同韻部，元詩韻腳爲「賓、新、人、巾、茵……」，白詩韻腳亦爲「賓、新、人、巾、茵」，兩人藉由同韻的方式描寫西湖之景，一方面連繫彼此情感，另一方面切磋詩藝，增進文學功力，而以次韻形式寫景在山水詩史上是獨特現象，所以宋人

程大昌才說「唐世次韻，起元微之、白樂天」。再如：

元稹〈寄樂天〉

莫嗟虛老海壖西，天下風光數會稽。

靈汜橋前百里鏡，石帆山崦五雲溪。

冰銷田地蘆錐短，春入枝條柳眼低。

安得故人生羽翼，飛來相伴醉如泥。

（全唐詩卷 460，12 冊，頁 4601）

白居易〈答微之見寄（時在郡樓對雪）〉

可憐風景浙東西，先數餘杭次會稽。

禹廟未勝天竺寺，錢湖不羨若耶溪。

擺塵野鶴春毛暖，拍水沙鷗溼翅低。

更對雪樓君愛否，紅欄碧甃點銀泥。

（全唐詩卷 446，13 冊，5002 頁）

就次韻角度看，兩詩首句入韻，俱押「西、稽、溪、低、泥」諸韻。而在內容上，均描寫會稽山水奇秀之景，與上引舊唐書本傳所言「會稽山水奇秀，稹所辟幕職，皆當時文士，而鏡湖、秦望之遊，月三四焉。而諷詠詩什，動盈卷帙。」互爲印證。

　　本節總論劉長卿、韋應物、白居易、元稹等四人在江浙一帶任官時，所描繪的山水風貌，兼及元白所開創的次韻山水詩。

第三節　別業和寺觀山水詩──文士遊宦時的暫時精神家園

　　山水詩之書寫與詩人所居處之環境有關，當詩人身處山林環境愈久，則山水詩之多亦屬自然之事矣。中唐時期士人大都有山居或寄寓寺觀之風尚，韓愈〈復上宰相書〉說：「士之行道者，不得於朝，則山林而已矣。山林者，士之所獨善自養而不憂天下者之所能安也。」強調文士隱於山林之風氣。又《新唐書·五行志》載曰：「天寶後詩人多……寄興於江湖僧寺」以及常袞〈天下寺觀停客制〉所言：「如

聞天下寺觀多被軍士及官吏諸客居止」，又白居易〈宿清源寺〉：「往
謫潯陽去，夜憩輞溪曲。今爲錢塘行，重經茲寺宿。」可見文人暫居
寺觀之盛況。文人或因官務繁忙，或因個性使然，或因尋幽訪勝等，
他們親近山林有兩種方式，一是建築別業（別墅或草堂），一是借宿
寺觀，在山林美景之催化下，則大量產生了山水詩，我稱之爲別業和
寺觀山水詩，主要就其居住山林環境爲著眼，劉勰《文心雕龍・物色
篇》不也說過：「若乃山林皋壤，實文思之奧府」。

一、別業山水詩

　　盛唐時期王維因居於輞川別業，故有多首優美的山水詩問世。這
在「中唐山水詩探源」那章已討論過，在此不再贅言。《舊唐書・文苑
下・王維列傳》載曰：「得宋之問藍田別墅，在輞口，輞水周於舍下，
別漲竹洲花塢，與道友裴迪浮舟往來，彈琴賦詩，嘯詠終日。」王維
的輞川別業乃得之初唐宋之問的藍田別墅，而宋之問在洛陽之風景秀
麗處亦置有陸渾山莊，其〈寒食還陸渾別業〉曰：「洛陽城裡花如雪，
陸渾山中今始發。且別河橋楊柳風，夕臥伊川桃李月。」除了他們兩
人之外，唐代有許多文士大都設有別業當作官務之外的精神家園，如
唐高宗時的王方翼有鳳泉別業，〔註19〕韋嗣立有驪山別業，〔註20〕杜
甫在成都浣花溪畔有成都草堂，岑參有南溪別業，〔註21〕劉長卿在常
州義興有碧澗別墅及長安的灞陵別業，裴度有午橋別業，〔註22〕李德

〔註19〕《舊唐書》：「王方翼，并州祁人也，高宗王庶人從祖兄也。祖裕，
　　　　武德初隋州刺史，裕妻即高祖妹同安大長公主也。太宗時，以公主
　　　　屬尊年老，特加敬異，數幸其第，賞賜累萬。方翼父仁表，貞觀中
　　　　爲岐州刺史。仁表卒，妻李氏爲主所斥，居於鳳泉別業。」卷 185
　　　　上，〈良吏列傳・王方翼〉，頁 4802。
〔註20〕韋嗣立〈偶遊龍門北溪忽懷驪山別業因以言志示弟淑奉呈諸大僚〉
　　　　詩曰：「幽谷杜陵邊，風煙別幾年。偶來伊水曲，溪嶂覺依然。傍浦
　　　　憐芳樹，尋崖愛綠泉。」
〔註21〕岑參〈南溪別業〉詩謂：「結宇依青嶂，開軒對翠疇。樹交花兩色，
　　　　溪合水重流。竹徑春來掃，蘭樽夜不收。逍遙自得意，鼓腹醉中遊。」
〔註22〕《舊唐書》載曰：「東都立第於集賢里，築山穿池，竹木叢萃，有風

裕有平泉別墅，白居易在江西有廬山草堂等等。

　　無論是避亂、隱居、貶謫、性情等原因，他們只要長期生活在別業之中，在靜幽自然環境的耳濡目染下，必然會有山水詩的產生。如以下詩例可證：

> 遠雁臨空翻夕照，殘雲帶雨過春城。
> 花枝入戶猶含潤，泉水侵階乍有聲。
> （武元衡〈南徐別業早春有懷〉全八句）

> 十里惟聞松桂風，江山忽轉見龍宮。
> 正與休師方話舊，風煙幾度入樓中。
> （段文昌〈還別業尋龍華山寺廣宣上人〉）

> 人依紅桂靜，鳥傍碧潭閒。松蓋低春雪，藤輪倚暮山。
> （李德裕〈早春至言禪公法堂憶平泉別業〉）

> 幽居近谷西，喬木與山齊。野竹連池合，巖松映雪低。
> （李德裕〈山居遇雪喜道者相訪〉全八句）

> 逶迤過竹塢，浩淼走蘭塘。夜靜聞魚躍，風微見雁翔。
> （李德裕〈重憶山居〉六首之一：平泉源，全八句）

> 樹老野泉清，幽人好獨行。去閒知路靜，歸晚喜山明。
> （盧綸〈秋晚山中別業〉八句）

以上列舉武元衡、段文昌、李德裕、盧綸等中唐詩人對於別業自然山水的描繪，尤以李德裕回憶式別業山水詩較爲特殊，與王維輞川別業的即興式別業山水詩稍有不同。李德裕曾與元稹在翰林共事，才名相埒。《舊唐書・李德裕列傳》卷一七四載曰：「時德裕與李紳、元稹俱在翰林，以學識才名相類，情頗款密。」又言：「東都於伊闕南置平泉

> 亭水榭，梯橋架閣，島嶼迴環，極都城之勝概。又於午橋創別墅，花木萬株，中起涼臺暑館，名曰綠野堂。引甘水貫其中，釃引脈分，映帶左右。度視事之際，與詩人白居易、劉禹錫酣宴終日，高歌放言，以詩酒琴書自樂，當時名士，皆從之遊。」卷170，〈裴度列傳〉，頁4432。而白居易〈奉和裴令公新成午橋莊綠野堂即事〉謂「舊徑開桃李，新池鑿鳳皇。只添丞相閣，不改午橋莊。遠處塵埃少，閒中日月長。青山爲外屏，綠野是前堂。」

別墅，清流翠篠，樹石幽奇。初未仕時，講學其中。及從官藩服，出
將入相，三十年不復重遊，而題寄歌詩，皆銘之於石。」可知李德裕
在洛陽置有平泉別墅，出仕後則不再重遊，所以他有幾套組詩俱寫平
泉別墅之回憶，值得回憶之事即是此地的山水風光。於是李德裕便寫
下〈思平泉樹石雜詠，十首之一：釣臺〉〈春暮思平泉雜詠，二十首之
一：望伊川〉〈憶平泉雜詠，十首之一：憶初暖〉〈重憶山居，六首〉
等共有三十六首回憶式的山水組詩。以下則舉〈重憶山居〉說明則可：

> 出谷縈浮芥，中園已濫觴。逶迤過竹塢，浩淼走蘭塘。
> 夜靜聞魚躍，風微見雁翔。從茲東向海，可泛濟川航。
>
> （六首之一：平泉源）
>
> 雞鳴日觀望，遠與扶桑對。滄海似鎔金，眾山如點黛。
> 遙知碧峰首，獨立煙嵐內。此石依五松，蒼蒼幾千載。
>
> （六首之二：泰山石）
>
> 十二峰前月，三聲猿夜愁。此中多怪石，日夕漱寒流。
> 必是歸星渚，先求歷斗牛。還疑煙雨霽，髣彿是嵩丘。
>
> （六首之三：巫山石）
>
> 龍伯釣鼇時，蓬萊一峰坼。飛來碧海畔，遂與三山隔。
> 其下多長溪，潺湲淙亂石。知君分如此，贈逾荊山璧。
>
> （六首之四：羅浮山）
>
> 常疑六合外，未信漆園書。及此聞溪漏，方欣驗尾閭。
> 大哉天地氣，呼吸有盈虛。美石勞相贈，瓊瑰自不如。
>
> （六首之五：漏潭石）
>
> 嚴光隱富春，山色縠又碧。所釣不在魚，揮綸以自適。
> 余懷慕君子，且欲坐潭石。持此返伊川，悠然慰衰疾。
>
> （六首之六：釣石）

綜合來看，「夜靜聞魚躍，風微見雁翔」、「滄海似鎔金，眾山如點黛」
「還疑煙雨霽，髣彿是嵩丘」「飛來碧海畔，遂與三山隔」「大哉天地
氣，呼吸有盈虛」「嚴光隱富春，山色縠又碧」等詩句美麗像幅山水畫，
而「此石依五松，蒼蒼幾千載」及「此中多怪石，日夕漱寒流」之句

所詠山石意象清新活脫。另外他又在詩中加入列子和莊子之典故，即「龍伯釣鼇時」和「未信漆園書」等句，增添山水組詩之浪漫色彩。據《列子‧湯問》卷五載曰：「帝恐流於西極，失群仙聖之居，乃命禺彊使巨鼇十五舉首而戴之。迭為三番，六萬歲一交焉。五山始峙而不動。而龍伯之國有大人，舉足不盈數步而暨五山之所，一釣而連六鼇，合負而趣歸其國，灼其骨以數焉。」神話傳說中，像鼇這類的神龜具備負載五座神山的功能，但被龍伯國的巨人釣去後，灼骨以為占卜之用。而其中兩座神仙因無神鼇固定一地而漂浮到北極，最後沈沒海底。總之，從這些詩句自可想象當時李德裕在平泉別墅的生活情景。

　　即使不是長居在別業之中，然與友人交往中的題、贈、送、過之類的別業詩作，也會描寫山水風光，如：

> 世業嵩山隱，雲深無四鄰。……晚日華陰霧，秋風函谷塵。
> （劉禹錫〈送盧處士歸嵩山別業〉八句）
>
> 危石纔通鳥道，空山更有人家。
> 桃源定在深處，澗水浮來落花。
> （劉長卿〈尋張逸人山居〉全四句）
>
> 返照寒川滿，平田暮雪空。（皇甫曾〈過劉員外長卿別墅〉）
>
> 霽雲明孤嶺，秋水澄寒天。
> 物象自清曠，野情何綿聯。
> 蕭蕭丘中賞，明宰非徒然。（劉慎〈潯陽陶氏別業〉）
>
> 草通石淙脈，硯帶海潮痕。嶽色何曾遠，蟬聲尚未繁。
> （賈島〈送烏行中石淙別業〉）
>
> 秋園雨中綠，幽居塵事違。陰井夕蟲亂，高林霜果稀。
> （韋應物〈題鄭拾遺草堂〉）
>
> 澧水橋西小路斜，日高猶未到君家。
> 村園門巷多相似，處處春風枳殼花。
> （雍陶〈城西訪友人別業〉全四句）

以上列舉劉禹錫、劉長卿、皇甫曾、劉慎、賈島、韋應物、雍陶等

人之關於描寫友人別業山水景物之詩作,這些別業之隱居環境是「晚日華陰霧,秋風函谷塵」「桃源定在深處,澗水浮來落花」「返照寒川滿,平田暮雪空」「霽雲明孤嶺,秋水澄寒天」「嶽色何曾遠,蟬聲尚未繁」「陰井夕蟲亂,高林霜果稀」「澧水橋西小路斜,日高猶未到君家」,這些詩句顯現出別業之幽靜和景佳之特點。另外,在遊覽友人別業中,亦多有山水之描寫,孟郊遊訪友人韋七的洞庭別業,寫到:

> 洞庭如瀟湘,疊翠蕩浮碧。松桂無赤日,風物饒清激。
> 逍遙展幽韻,參差逗良覿。道勝不知疲,冥搜自無斁。
> 曠然青霞抱,永矣白雲適。崆峒非凡鄉,蓬瀛在仙籍。
> 無言從遠尚,還思君子識。波濤漱古岸,鏗鏘辨奇石。
> 靈響非外求,殊音自中積。人皆走煩濁,君能致虛寂。
> 何以祛擾擾,叩調清淅淅。既懼豪華損,誓從詩書益。
> 一舉獨往姿,再搖飛遁跡。山深有變異,意愜無驚惕。
> 采翠奪日月,照耀迷晝夕。松齋何用掃,蘿院自然滌。
> 業峻謝煩蕪,文高追古昔。暫遙朱門戀,終立青史績。
> 物表易淹留,人間重離析。難隨洞庭酌,且醉橫塘席。
>
> (孟郊〈遊韋七洞庭別業〉)

孟郊以「曠然青霞抱,永矣白雲適」描寫韋七的洞庭別業,活像人間仙境,使人「且醉橫塘席」,這是人在官場失志時,心靈深處必須休息的地方,洞庭別業宛如韋七的精神家園。

生活在別業之中,不僅要享受山林美景,最基本的物質生活亦須兼顧,所以詩人也會寫到別業的經濟活動,如:

> 東皋占薄田,耕種過餘年。護藥栽山刺,澆蔬引竹泉。
>
> (耿湋〈東郊別業〉)

> 晚筍難成竹,秋花不滿叢。生涯祇粗糲,吾豈諱言窮。
>
> (李端〈題山中別業〉)

> 地僻生涯薄,山深俗事稀。養花分宿雨,剪葉補秋衣。
>
> (戴叔倫〈山居即事〉)

閉門留野鹿，分食養山雞。桂熟長收子，蘭生不作畦。

（王建〈山居〉）

對於別業草堂的生活方式，周圍環境之描述，白居易的廬山草堂的詩作具有代表性。他在〈香鑪峰下新置草堂即事詠懷題於石上〉詩一開頭先介紹廬山草堂之地理位置：「香鑪峰北面，遺愛寺西偏。白石何鑿鑿，清流亦淺淺。有松數十株，有竹千餘竿。松張翠繖蓋，竹倚青琅玕。其下無人居，悠哉多歲年。有時聚猿鳥，終日空風煙。」其建築功能為：「架巖結茅宇，斸壑開茶園。何以洗我耳，屋頭飛落泉。何以淨我眼，砌下生白蓮。」強調可飲茶、洗耳、淨眼等安居功能。又〈香爐峰下新卜山居草堂初成偶題東壁〉：「五架三間新草堂，石階桂柱竹編牆。南簷納日冬天暖，北戶迎風夏月涼。灑砌飛泉才有點，拂窗斜竹不成行。」可知其草堂不僅一間，其材質乃桂樹和竹條，方位座北朝南，以收冬暖夏涼之效。他在草堂前又開築白家池，種荷養魚，極有雅趣，其〈草堂前新開一池養魚種荷日有幽趣〉詩曰：「淙淙三峽水，浩浩萬頃陂。未如新塘上，微風動漣漪。小萍加泛泛，初蒲正離離。紅鯉二三寸，白蓮八九枝。繞水欲成徑，護堤方插籬。已被山中客，呼作白家池。」後來他離開草堂，寫了：「三間茅舍向山開，一帶山泉繞舍迴。山色泉聲莫惆悵，三年官滿卻歸來。」（〈別草堂三絕句，三首之三〉）

二、寺觀山水詩

山林自然環境中除了私有建築的別業外，尚有公有建築的寺觀，文人或讀書，〔註23〕或遊覽，或遊宦等因素，皆有可能寄宿在寺觀裏，於是歌詠山水之作，因之產生。如以下諸多詩例可證：

徘徊雙峰下，惆悵雙峰月。杳杳暮猿深，蒼蒼古松列。

〔註23〕嚴耕望列舉眾多文獻資料，證明「唐代學子多習業山林寺院，學成然後出而應試以取住官」之論點。詳見嚴耕望〈唐人習業山林寺院之風尚〉一文，收錄在《嚴耕望史學論文選集》（北京：中華書局，2006 年），頁 232～271。

玩奇不可盡，漸遠更幽絕。林暗僧獨歸，石寒泉且咽。
竹房響輕吹，蘿徑陰餘雪。臥澗曉何遲，背巖春未發。
（劉長卿〈宿雙峰寺寄盧七李十六〉）

靈飆動閶闔，微雨灑瑤林。復此新秋夜，高閣正沈沈。
曠歲恨殊跡，茲夕一披襟。洞戶含涼氣，網軒構層陰。
（韋應物〈雨夜宿清都觀〉）

西日橫山含碧空，東方吐月滿禪宮。
朝瞻雙頂青冥上，夜宿諸天色界中。
石潭倒獻蓮花水，塔院空聞松柏風。
（錢起〈夜宿靈臺寺寄郎士元〉）

孤煙靈洞遠，積雪滿山寒。松柏凌高殿，莓苔封古壇。
客來清夜久，仙去白雲殘。（皇甫冉〈宿洞靈觀〉）

一夕雨沈沈，哀猿萬木陰。天龍來護法，長老密看心。
魚梵空山靜，紗燈古殿深。（嚴維〈宿法華寺〉）

群峰過雨澗淙淙，松下扉扃白鶴雙。
香透經窗籠檜柏，雲生梵宇溼旛幢。
蒲團僧定風過席，葦岸漁歌月墮江。（顧況〈宿湖邊山寺〉）

共訪青山寺，曾隱南朝人。問古松桂老，開襟言笑新。
步移月亦出，水映石磷磷。予洗腸中酒，君濯纓上塵。
皓彩入幽抱，清氣逼蒼旻。（竇群〈同王晦伯朱遐景宿慧山寺〉）

馬疲盤道峻，投宿入招提。雨急山溪漲，雲迷嶺樹低。
涼風來殿角，赤日下天西。僵腹盧簷外，林空鳥恣啼。
（戴叔倫〈宿靈巖寺〉）

殿有寒燈草有螢，千林萬壑寂無聲。
煙凝積水龍蛇蟄，露溼空山星漢明。
昏靄霧中悲世界，曙霞光裡見王城。（盧綸〈宿石甕寺〉）

僧房秋雨歇，愁臥夜更深。欹枕聞鴻雁，迴燈見竹林。
歸螢入草盡，落月映窗沉。（李端〈宿山寺思歸〉）

獨愛僧房竹，春來長到池。雲遮皆晃朗，雪壓半低垂。

不見侵山葉，空聞拂地枝。（李端〈宿山寺雪夜寄吉中孚〉）

鐘梵送沈景，星多露漸光。風中蘭靡靡，月下樹蒼蒼。

夜殿若山橫，深松如澗涼。羸然虎溪子，遲我一虛床。

杳杳空寂舍，濛濛蓮桂香。擁褐依西壁，紗燈靄中央。

（暢當〈宿報恩寺精舍〉）

幽寺在巖中，行唯一徑通。客吟孤嶠月，蟬噪數枝風。

秋色生苔砌，泉聲入梵宮。（冷朝陽〈宿柏巖寺〉）

夜向靈溪息此身，風泉竹露淨衣塵。

月明石上堪同宿，那作山南山北人。

（張籍〈宿天竺寺寄靈隱寺僧〉）

滿山殘雪滿山風，野寺無門院院空。

煙火漸稀孤店靜，月明深夜古樓中。

（元稹〈雪後宿同軌店上法護寺鐘樓望月〉）

以上列舉劉長卿、韋應物、錢起、皇甫冉、嚴維、顧況、竇群、戴叔倫、盧綸、李端、暢當、冷朝陽、張籍、元稹等多位中唐詩人，其中劉長卿宿雙峰寺時，寫「林暗僧獨歸，石寒泉且咽」，韋應物宿清都觀時，寫「洞戶含涼氣，網軒構層陰」，嚴維宿法華寺時，寫「魚梵空山靜，紗燈古殿深」，顧況宿湖邊山寺時，寫「香透經窗籠檜柏，雲生梵宇溼旛幢」，張籍宿天竺寺時，寫「月明石上堪同宿，那作山南山北人」，元稹宿法護寺時，寫「煙火漸稀孤店靜，月明深夜古樓中」，這些詩句或以濃筆，或以淡筆，靜心刻劃或素描山水優美景色，透過他們借宿寺觀的生活經歷，而將山林裏可見可聞可嗅可觸等各種動植物生態，一一寫入詩中，促使中唐山水詩數量增多。

還有一類是尋仙訪僧的路途中，詩人被清新靜謐的自然山水所吸引，從而透過詩作來表現山林美景，如：

溪頭一徑入青崖，處處仙居隔杏花。

更見峰西幽客說，雲中猶有兩三家。（張籍〈尋仙〉）

秋日西山明，勝趣引孤策。桃源數曲盡，洞口兩岸坼。

還從岡象來，忽得仙靈宅。霓裳誰之子，霞酌能止客。

殘陽在翠微，攜手更登歷。林行拂煙雨，溪望亂金碧。
飛鳥下天窗，裊松際雲壁。稍尋玄蹤遠，宛入寥天寂。
願言葛仙翁，終年鍊玉液。（錢起〈尋華山雲臺觀道士〉）
柿葉翻紅霜景秋，碧天如水倚紅樓。
隔窗愛竹無人問，遣向鄰房覓戶鉤。

（李益〈詣紅樓院尋廣宣不遇留題〉）

張籍尋仙過程中，所遇幽客指點仙人在雲中，溪頭、青崖、杏花皆是
山中自然之景也，全詩未講明仙人是否尋著，然詩中山水意境之幽
妙，不言可喻。第二首中，開頭已將山景明麗之特點直述出來，接著
在尋訪道士路途中，捕捉山林中奇特之景，「林行拂煙雨，溪望亂金
碧。飛鳥下天窗，裊松際雲壁。」第三首中，李益欲尋廣宣上人卻不
遇，然首二句「柿葉翻紅霜景秋，碧天如水倚紅樓。」之清亮景象使
詩人為之流連忘返。

　　上列所舉是全國各地的寺觀，接著要講長安之寺觀。長安是唐代
的首都，亦是政治經濟文化中心，行政官務必定多於其他各州，於是
中唐詩人任官之餘，必會遊歷長安附近之名勝古蹟，常見的是他們描
寫關於寺觀之類的自然景觀，如悟眞寺、仙遊寺、玄都觀等地，這些
遊歷寺觀的山水詩，我也稱之為寺觀山水詩，代表著寺觀是文人另一
精神家園。全唐詩中有五首詩關於悟眞寺，剔除王維（一作王縉），
其餘四首皆為中唐詩人所作。這些詩人因在長安任官，所以有這些風
景佳句傳世。盧綸和張籍以七言絕句體描寫悟眞寺之高，盧綸〈題悟
眞寺〉：「萬峰交掩一峰開，曉色常從天上來。似到西方諸佛國，蓮花
影裡數樓臺。」又張籍〈使行望悟眞寺〉：「採玉峰連佛寺幽，高高斜
對驛門樓。無端來去騎官馬，寸步教身不得遊。」這些詩句僅突出悟
眞寺在高峰之間，極其清幽，寫意成分居多，而錢起則著意刻畫其自
然景色，其〈登玉山諸峰偶至悟眞寺〉謂：「……稍入石門幽，始知
靈境絕。冥搜未寸晷，仙迳俄九折。蟠木蓋石梁，崩岸露雲穴。數峰
拔崑崙，秀色與空澈。玉氣交晴虹，桂花留曙月。……」崩岸露雲穴，

玉氣交晴虹，這樣的寫景句極其精妙。而白居易的〈遊悟眞寺詩〉長達千字之多，在體式那章我會仔細說明，在此不再贅述。

　　仙遊寺是白居易最喜愛的佛寺之一，在全唐詩九首關於仙遊寺中，白居易佔了四首，其餘五首分別是李華、岑參、盧綸、朱慶餘、薛能所作。仙遊寺在西安西南一帶，在周至縣城南約１７公里處。白居易曾獨宿於此，〈仙遊寺獨宿〉說：「沙鶴上階立，潭月當戶開。此中留我宿，兩夜不能迴。」又〈期李二十文略王十八質夫不至獨宿仙遊寺〉所云：「始知解愛山中宿，千萬人中無一人。」在宮中當值時，他曾夢遊至此，〈禁中寓直夢遊仙遊寺〉：「西軒草詔暇，松竹深寂寂。月出清風來，忽似山中夕。因成西南夢，夢作遊仙客。覺聞宮漏聲，猶謂山泉滴。」由西南夢一詞，得知仙遊寺應在長安西南。此地的實際風光，白居易則有〈送王十八歸山寄題仙遊寺〉一詩描述：「曾於太白峰前住，數到仙遊寺裡來。黑水澄時潭底出，白雲破處洞門開。林間暖酒燒紅葉，石上題詩掃綠苔。惆悵舊遊那復到，菊花時節羨君迴。」

　　全唐詩中關於玄都觀的詩不多，僅有六首，分別是蜀太后徐氏２首，餘者爲劉禹錫、姚合、章孝標、喻鳧等各一首。劉禹錫的〈再遊玄都觀〉一詩曰：「百畝庭中半是苔，桃花淨盡菜花開。種桃道士歸何處，前度劉郎今又來。」首二句雖描繪玄都觀之自然風物，然此詩實際上卻含有政治意味在其間，由詩前之引可知，其謂：「余貞元二十一年爲屯田員外郎時，此觀未有花，是歲出牧連州，尋貶朗州司馬，居十年，召至京師，人人皆言，有道士手植仙桃，滿觀如紅霞，遂有前篇以志一時之事，旋又出牧，今十有四年，復爲主客郎中，重遊玄都觀，蕩然無復一樹，爲兔葵燕麥動搖於春風耳，因再題二十八字，以俟後遊，時大和二年三月。」至於玄都觀之自然景象，蜀太后徐氏〈玄都觀〉和姚合〈遊昊天玄都觀〉兩首山水詩有精心的描寫，蜀太后徐氏描寫道：「千尋綠嶂夾流溪，登眺因知海岳低。瀑布迸春青石碎，輪囷橫翦翠峰齊。步黏苔蘚龍橋滑，日閉煙羅鳥徑迷。莫道穹天無路到，此山便是碧雲梯。」以及姚合〈遊昊天玄都觀〉敘寫：「性

同相見易，紫府共開行。陰徑紅桃落，秋壇白石生。蘚文連竹色，鶴
語應松聲。風定藥香細，樹聲泉氣清。垂簷靈草影，繞壁古山名。圍
外坊無禁，歸時踏月明。」

第四節　韋應物仕宦經歷及其山水詩

一、詩話中的韋應物

　　本節主要提出一項研究韋應物山水詩的思考觀點，即分析他的遊
宦經歷來印證詩話的印象式批評是否合理，始可全面性理解韋應物的
山水詩。爲何我在中唐時期特別舉韋應物爲例？第一，論者研究中唐
時期的山水詩人時，常將韋柳並稱，因此韋柳二人必定是重要山水詩
人的代表，〔註24〕而柳宗元在貶謫那章已討論過。第二，韋應物一生
中沒有貶謫經歷，恰好可與貶謫過的詩人的山水詩作一對照。

　　從歷代詩話中，對韋應物的評論，大致可分詩源自陶謝、韋柳並
列比較等兩端。如：

　　　李杜之後，詩人繼出，雖間有遠韻，而才不逮意。獨韋應
　　　物、柳宗元發纖穠於簡古，寄至味於澹泊，非餘子所及也。
　　　（蘇軾《書黃子思詩集後》）

　　　蘇州氣象清華，詞端閑雅，其源出於靖節，而深沉頓鬱，
　　　又曹、謝之變也。（《唐詩品》）

〔註24〕葛曉音：《山水田園詩派研究》說：「所謂山水田園詩派，實際上包
　　　　括三層内涵，就盛唐而言，指以王、孟爲代表，包括祖咏、常建、
　　　　儲光羲等在内的一批風格相近的專長於山水田園的詩人；就唐代而
　　　　言，則指王、孟、韋、柳；而就中國詩歌史而言，則應以陶、謝、
　　　　王、孟、韋、柳爲一個完整的體系。在中國古代文學批評史上，並
　　　　不存在山水田園詩派的稱謂，這是當代文學史論著中習用的概念。
　　　　但是從晚唐開始，人們已經注意到陶、謝、王、孟、韋、柳不但成
　　　　爲公認的山水田園最高成就的代表，而且形成了經常被并提的作家
　　　　系列，在詩歌史上的地位也愈益提高，甚至一度超越了山水田園這
　　　　一題材的範圍，被奉爲代表中國文人審美理想的典範。」詳見《山
　　　　水田園詩派研究》，遼寧大學出版社，1993 年，頁 349。

唐人中，五言古詩有陶、謝遺韻者，獨左司一人。(《詩藪》)

唐人五言古氣象宏遠，惟韋應物、柳子厚。其源出於淵明，以蕭散沖淡爲主。(《詩源辯體》)

其詩七言不如五言，近體不如古體。五言古體源出於陶，而熔化於三謝。故眞而不樸，華而不綺。(《四庫全書總目》)

後人學陶，以韋公爲最深，蓋其襟懷澄澹，有以契之也。(《峴傭說詩》)

其詩閑淡簡遠，人比之陶潛，雖或過當，而其〈擬古〉之作，寢幾於〈十九首〉；效陶一體，亦極沖淡之懷，但微嫌著跡耳，著跡則近於刻畫矣。(《詩學淵源》)

上引七條詩話評論資料中，〔註25〕有三點可資討論，第一，關於韋應物詩源問題，《唐詩品》認爲「其源出於靖節」，《詩藪》認爲「五言古詩有陶、謝遺韻者，獨左司一人」，《詩源辯體》認爲「唐人五言古氣象宏遠，惟韋應物、柳子厚。其源出於淵明」，《四庫全書總目》認爲「其詩七言不如五言，近體不如古體。五言古體源出於陶」，《峴傭說詩》認爲「後人學陶，以韋公爲最深」，《詩學淵源》認爲「效陶一體，亦極沖淡之懷」，諸多詩話俱主張韋應物詩源自東晉時的陶淵明，而韋應物與陶淵明之所以聯繫乃因「襟懷澄澹」「詞端閑雅」「蕭散沖淡」「閑淡簡遠」之特質相似，而其與謝靈運之聯繫則無具體之詞語形容。其次，將韋應物和柳宗元並列者，乃始於北宋蘇軾之評價：「獨韋應物、柳宗元發纖穠於簡古，寄至味於澹泊」，其後則有《詩源辯體》提出「唐人五言古氣象宏遠，惟韋應物、柳子厚」之說。第三，評論韋應物大都以五言古體立論。而五古恰是山水詩較常用的體式，山水詩祖謝靈運的五古山水詩即爲顯例，就我的考察，中唐山水詩亦以五古體式居多。

就第一點所謂的效陶之詩源問題來看，從韋應物的詩作中，僅有〈東郊〉一詩提到，他說：「終罷斯結廬，慕陶眞可庶。」再者，我

〔註25〕詳見唐伯海主編《唐詩彙評》，頁 738～740。

以「效陶」二字作爲檢索關鍵詞，進入《全唐詩》檢索系統，發現唐
代效陶之詩作，僅 23 筆，名單如下：

　　崔顥，1 首，〈結定襄郡獄效陶體〉5 言 22 句

　　韋應物，2 首，〈效陶彭澤〉5 言 8 句〈與友生野飲效陶體〉
　　5 言 10 句

　　白居易，16 首，〈效陶潛體詩，十六首〉5 言 24 句，5 言
　　16 句，5 言 18 句，5 言 26 句，5 言 18 句，5 言 26 句，5
　　言 22 句，18 句，26 句，26 句，26 句，24 句，16 句，24
　　句，34 句，26 句。

　　劉駕，1 首〈效陶〉，16 句

　　曹鄴，2 首，〈山中效陶〉，14 句，〈田家效陶〉，7 言 4 句

　　司馬扎，1 首，〈效陶彭澤〉，12 句

唐詩人有崔顥、韋應物、白居易、劉駕、曹鄴、司馬扎等六人作效陶
詩，其中以白居易十六首居冠，而韋應物實際以詩作效陶者，僅有〈效
陶彭澤〉和〈與友生野飲效陶體〉兩首。就兩詩內容來看，〈效陶彭
澤〉詩曰：「霜露悴百草，時菊獨妍華。物性有如此，寒暑其奈何。
掇英泛濁醪，日入會田家。盡醉茅檐下，一生豈在多。」又〈與友生
野飲效陶體〉詩曰：「攜酒花林下，前有千載墳。於時不共酌，奈此
泉下人。始自玩芳物，行當念徂春。聊舒遠世蹤，坐望還山雲。且遂
一歡笑，焉知賤與貧。」似乎所謂效陶乃指效仿其飲酒縱樂之行爲。
另外，白居易是效陶詩中最夥，作了十六首，佔全部一半以上，在他
的〈效陶潛體詩〉詩前有序更明白道出效陶乃效其酣醉之行爲也，序
曰：「余退居渭上，杜門不出，時屬多雨，無以自娛，會家醞新熟，
雨中獨飲，往往酣醉，終日不醒。懶放之心，彌覺自得。故得於此，
而有以忘於彼者。因詠陶淵明詩，適與意會，遂傚其體，成十六篇。
醉中狂言，醒輒自哂。然知我者亦無隱焉。」

　　經由韋應物效陶詩作及白居易詩序之觀察後，我們可以這樣說，
韋應物之效陶宜指飲酒行爲及結廬山林之志也。至如詩話所言「襟懷

澄澹」「詞端閑雅」「蕭散沖淡」「閑淡簡遠」之語，乃是針對兩人本性而言，非指飲酒行爲本身。從本性與詩風作一連結，則韋應物與陶淵明在詩史上則有繼承關係矣。其實閑淡之志，幾乎文士在人生之某個階段皆可能會萌生，因此從本性角度來看，僅看出詩人之共相，表面現象，若欲深究詩人之異，則其遊宦仕履乃是考察之重點。由此或能找出韋應物閑淡之風的原因何在？亦能細分在哪個仕宦階段？亦能比較韋柳詩之差別？

二、韋應物在京洛地區任職

在西安碑林中有一塊碑石，記載著以西安爲中心的關中八景，由清人朱集義所刻，所謂華山仙掌、驪山晚照、灞柳風雪、曲江流飲、雁塔晨鐘、咸陽古渡、草堂煙霧、太白積雪。詠華山者，以劉長卿〈關門望華山〉、崔顥〈行經華陰〉和孟郊〈遊華山雲臺觀〉爲代表，詠太白山者，以賈島〈送僧歸太白山〉爲代表。若我們從美學角度看這些山水詩，可體會長安山水之美，但不夠深入，僅能看出山水的共性，這僅從一面去認識山水而已，若欲全面觀察，則必須去探究山水的異性，即不同詩人的人生經歷則有不同的山水觀，故非得結合中唐詩人任官經歷研析山水詩不可，以下則以韋應物爲例作一考察。

韋應物於代宗大曆八年至十一年在長安擔任京兆府功曹時，寫下〈遊溪〉〈登寶意寺上方舊遊〉〈藍嶺精舍〉〈慈恩精舍南池作〉，任鄠縣令時，寫下〈任鄠令渼陂遊眺〉〈西郊遊矚〉〈西郊燕集〉〈乘月過西郊渡〉〈再遊西郊渡〉〈晦日處士叔園林燕集〉〈東郊〉，辭疾居灃上善福精舍（在鄠縣西郊）時，寫下〈登西南岡卜居遇雨尋竹浪至灃壖縈帶數里清流茂樹雲物可賞〉〈灃上與幼遐月登西岡翫花〉〈月谿與幼遐君貺同遊〉〈與幼遐君貺兄弟同遊白家竹潭〉等宦地山水詩。韋蘇州在長安擔任京兆府功曹及鄠縣令等職務或以疾辭歸灃上善福精舍期間，較常到佛寺探訪或鄠縣西郊東郊遊玩，其心境是較爲清靜的，如：

玩舟清景晚，垂釣綠蒲中。（〈遊溪〉）

諸僧近住不相識，坐聽微鐘記往年。(〈登寶意寺上方舊遊〉)

佳遊愜始願，忘險得前賞。(〈藍嶺精舍〉)

積喧忻物曠，耽玩覺景馳。(〈慈恩精舍南池作〉)

屢往心獨閒，恨無理人術。(〈任鄠令渼陂遊眺〉)

一與諸君遊，華觴忻見屬。(〈西郊遊矚〉)

眷言同心友，茲遊安可忘。(〈西郊燕集〉)

值此歸時月，留連西澗渡。(〈乘月過西郊渡〉)

適自戀佳賞，復茲永日留。(〈登西南岡卜居遇雨尋竹浪至澧壖縈帶數里清流茂樹雲物可賞〉)

花月方浩然，賞心何由歇。(〈澧上與幼遐遐月登西岡翫花〉)

楊柳散和風，青山澹吾慮。(〈東郊〉)

韋應物乃京兆萬年縣人，而其任職單位又在故鄉，故自其山水詩觀察，亦可知其心境較爲悠哉，而他在寫景中多處將山水安排在雲霧之中，如：

翠嶺香臺出半天，萬家煙樹滿晴川。(〈登寶意寺上方舊遊〉)

清境豈雲遠，炎氛忽如遺。(〈慈恩精舍南池作〉)

氤氳綠樹多，蒼翠千山出。(〈任鄠令渼陂遊眺〉)

煙芳何處尋，杳藹春山曲。(〈西郊遊矚〉)

群山靄遐矚，綠野布熙陽。(〈西郊燕集〉)

遠山含紫氛，春野靄雲暮。(〈乘月過西郊渡〉)

他又在遊覽時，覺察出山林溪水中的各種聲響，如：

野水煙鶴唳，楚天雲雨空。(〈遊溪〉)

諸僧近住不相識，坐聽微鐘記往年。(〈登寶意寺上方舊遊〉)

日落群山陰，天秋百泉響。(〈藍嶺精舍〉)

新禽哢暄節，晴光泛嘉木。(〈西郊遊矚〉)

眾鳥鳴茂林，綠草延高岡。(〈西郊燕集〉)

春鳥依穀暄，紫蘭含幽色。(〈與幼遐君既兄弟同遊白家竹潭〉)

以上考察韋應物在長安的山水詩，在描寫景物上幾乎無異於江南山水風貌。

　　韋應物自代宗廣德二年（764）至大曆七年（772）洛陽縣丞時，作有〈龍門遊眺〉〈遊龍門香山泉〉〈往雲門郊居塗經迴流作〉〈同德寺閣集眺〉〈再遊龍門懷舊侶〉〈李博士弟以余罷官居同德精舍共有伊陸名山之期久而未去枉詩見問中雲宋生登覽末雲那能顧蓬蓽直寄鄙懷聊以爲答〉〈同德寺雨後寄元侍禦李博士〉等宦地山水詩。這些山水詩中或多或少已能看出韋應物罷官而居同德寺的跡象，而且可聯結至東晉時的陶淵明的罷官意識，從而顯現出平淡的山水詩風。如〈龍門遊眺〉：

> 鑿山導伊流，中斷若天闢。都門遙相望，佳氣生朝夕。
> 素懷出塵意，適有攜手客。精舍繞層阿，千龕鄰峭壁。
> 緣雲路猶緬，憩澗鐘已寂。花樹發煙華，淙流散石脈。
> 長嘯招遠風，臨潭漱金碧。日落望都城，人間何役役。

龍門在洛陽南方伊闕山。關於龍門之詩，韋應物共寫了三首，此詩之外尚有〈遊龍門香山泉〉〈再遊龍門懷舊侶〉等詩。自「精舍繞層阿」以下數句，寫出山路曲折高聳入雲，臨潭和憩澗的賞心動作，滿足「素懷出塵意」，末聯「日落望都城，人間何役役。」顯現罷官意圖。再如〈遊龍門香山泉〉：

> 山水本自佳，遊人已忘慮。碧泉更幽絕，賞愛未能去。
> 潺湲寫幽磴，繚繞帶嘉樹。激轉忽殊流，歸泓又同注。
> 羽觴自成玩，永日亦延趣。靈草有時香，仙源不知處。
> 還當候圓月，攜手重遊寓。

「碧泉更幽絕，賞愛未能去」二句明示碧泉的魅力大於平日的官職，隱約透露罷官意識。再如〈再遊龍門懷舊侶〉：

> 兩山鬱相對，晨策方上幹。靄靄眺都城，悠悠俯清瀾。
> 逸矣二三子，茲焉屢遊盤。良時忽已周，獨往念前歡。
> 好鳥始雲至，眾芳亦未闌。遇物豈殊昔，慨傷自有端。

前二首的龍門之遊是眾遊，而此首則是獨遊，末聯「遇物豈殊昔，慨

傷自有端」兩句的感慨，可能是韋應物罷官之因。慨嘆未有志同道合
者，因而退居同德精舍，當然韋應物罷官，尚有健康因素之考量，正
如他所說「杜門非養素，抱疾阻良讌。」(〈同德精舍養疾寄河南兵曹
東廳掾〉)再如〈往雲門郊居塗經迴流作〉：

> 茲晨乃休暇，適往田家廬。原穀徑塗澀，春陽草木敷。
> 縈遵板橋曲，復此清澗紆。崩墊方見射，迴流忽已舒。
> 明滅泛孤景，杳靄含夕虛。無將爲邑志，一酌澄波餘。

此詩末聯「無將爲邑志，一酌澄波餘。」直接道出無心官場之志。不
過，中間的景物描繪細緻。當他罷官後，即居寓在洛陽東城的同德精
舍。如〈李博士弟以余罷官居同德精舍共有伊陸名山之期久而未去枉
詩見問中云宋生登覽末云那能顧蓬蓽直寄鄙懷聊以爲答〉：

> 初夏息眾緣，雙林對禪客。枉茲芳蘭藻，促我幽人策。
> 冥搜企前哲，逸句陳往跡。彷彿陸渾南，迢遞千峰碧。
> 從來遲高駕，自顧無物役。山水心所娛，如何更朝夕。
> 晨興涉清洛，訪子高陽宅。莫言往來疏，驀馬知阡陌。

詩題中所謂「伊陸名山」乃指伊闕山和陸渾山。宋生即指宋之問，他
在陸渾山建有別業，其〈寒食還陸渾別業〉謂：「洛陽城裡花如雪，
陸渾山中今始發。」又〈陸渾山莊〉：「歸來物外情，負杖閱巖耕。」
因此「冥搜企前哲，逸句陳往跡」之句的前哲則是宋之問也。而「彷
彿陸渾南，迢遞千峰碧」乃形容陸渾山勢綿延盛大。再如〈同德寺閣
集眺〉：

> 芳節欲雲晏，遊遨樂相從。高閣照丹霞，颼飀含遠風。
> 寂寥氛氳廓，超忽神慮空。旭日霽皇州，岧嶢見兩宮。
> 嵩少多秀色，群山莫與崇。三川浩東注，瀍澗亦來同。
> 陰陽降大和，宇宙得其中。舟車滿川陸，四國靡不通。
> 舊堵今即葺，庶庀亦已豐。周覽思自奮，行當遇時邕。

首兩句「芳節欲雲晏，遊遨樂相從」顯示其愜意心情，山川風物如實
描繪，清新自然，再如〈同德寺雨後寄元侍禦李博士〉：

> 川上風雨來，須臾滿城闕。岧嶢青蓮界，蕭條孤興發。

前山遠已淨，陰霾夜來歇。喬木生夏涼，流雲吐華月。

嚴城自有限，一水非難越。相望曙河遠，高齋坐超忽。

末聯「相望曙河遠，高齋坐超忽」明示他超然物外的心境，這些山景很清麗，可知韋應物養病在同德精舍時，面對自然山水較有平靜之心觀物，呈現出的景色亦較清晰。

三、韋應物在地方任職刺史──滁州、江州和蘇州

圖 1　韋應物在滁州、江州、蘇州三地任職地方刺史之位置示意〔註26〕

韋應物在建中三年（782）自尚書郎出爲滁州刺史，其〈自尚書郎出爲滁州刺史留別朋友兼示諸弟〉一詩謂：「中歲守淮郡，奉命乃征行。」滁州屬淮南道，在揚州附近，距長安東南二千五百六十四里，

〔註26〕本圖引自譚其驤主編：《中國歷史地圖集》第五冊：隋、唐、五代十國時期（北京：中國地圖出版社，1996 年 6 月重印），下列各圖亦同。

至東都有一千七百四十六里。〔註27〕他自長安遠赴滁州途中，在盱眙縣（唐屬淮南道楚州）暫住時，有感而發，寫下「浩浩風波起，冥冥日沉多。人歸山郭暗，鴈下蘆洲白。」（〈夕次盱眙縣〉）的昏暗心境。而在滁州刺史任內，有〈遊西山〉〈懷琅琊深標二釋子〉〈春遊南亭〉〈南園陪王卿遊矚〉〈滁州西澗〉〈遊琅琊山寺〉〈曉至園中憶諸弟崔都水〉〈郡中對雨贈元錫兼簡楊凌〉〈發廣陵留上家兄兼寄上長沙〉〈秋景詣琅琊精舍〉〈題石橋〉〈夜望〉〈閒居寄端及重陽〉等山水詩。在〈遊西山〉詩中：

> 時事方擾擾，幽賞獨悠悠。弄泉朝涉澗，採石夜歸州。
> 揮翰題蒼峭，下馬歷嵌丘。所愛唯山水，到此即淹留。

首句點出韋應物因時事困擾而獨遊西山，後六句則敘寫其遊覽動作，所謂弄泉、採石、揮翰、下馬等，顯示韋應物對西山的喜愛。〈南園陪王卿遊矚〉中的首二句也表達了任官之餘的心情：

> 形跡雖拘檢，世事澹無心。郡中多山水，日夕聽幽禽。
> 幾閣文墨暇，園林春景深。雜花芳意散，綠池暮色沈。
> 君子有高躅，相攜在幽尋。一酌何為貴，可以寫沖襟。

由「郡中多山水」句可看出此地的美麗風光。中間數句均細繪南園的幽靜之美。再如〈遊琅琊山寺〉：

> 受命恤人隱，茲遊久未遑。鳴驂響幽澗，前旌耀崇岡。
> 青冥臺砌寒，綠縟草木香。填壑躋花界，疊石構雲房。
> 經製隨巖轉，繚繞旹定方。新泉泄陰壁，高蘿蔭綠塘。
> 攀林一棲止，飲水得清涼。物累誠可遣，疲甿終未忘。
> 還歸坐郡閣，但見山蒼蒼。

由「物累誠可遣，疲甿終未忘」兩句顯現韋應物在自然和人事之間的矛盾衝突，在開放五官感覺的交互作用下，深切融入大自然的懷抱中。「鳴驂響幽澗」開放詩人聽覺，「前旌耀崇岡」開放詩人視覺，「青冥臺砌寒」開放詩人觸覺，「綠縟草木香」開放詩人嗅覺，「飲水得清

〔註27〕請參《舊唐書・地理志・淮南道・滁州下》卷40，頁1574。

涼」開放詩人味覺，當詩人與大自然融合爲一之時，兩者間則無形體
拘牽，這時的感受最深刻。尚有一些景句表現出他的細微觀察力，如：

> 川明氣已變，巖寒雲尚擁。南亭草心綠，春塘泉脈動。
> 景煦聽禽響，雨餘看柳重。（〈春遊南亭〉）

> 山郭恆悄悄，林月亦娟娟。景清神已澄，事簡慮絕牽。
> 秋塘遍衰草，曉露洗紅蓮。（〈曉至園中憶諸弟崔都水〉）

> 宿雨冒空山，空城響秋葉。沈沈暮色至，淒淒涼氣入。
> 蕭條林表散，的礫荷上集。夜霧著衣重，新苔侵履濕。
> （〈郡中對雨贈元錫兼簡楊凌〉）

> 屢訪塵外跡，未窮幽賞情。高秋天景遠，始見山水清。
> 上陟巖殿憩，暮看雲壑平。蒼茫寒色起，迢遞晚鐘鳴。
> （〈秋景詣琅琊精舍〉）

> 遠學臨海嶠，橫此莓苔石。郡齋三四峰，如有靈仙跡。
> 方愁暮雲滑，始照寒池碧。（〈題石橋〉）

引詩所謂「氣已變」、「泉脈動」、「神已澄」、「寒色起」、「橫此莓苔石」
等詞具體表現出韋應物在公事繁忙之餘，能夠細心體察出萬物之變
化。他的五七言絕句，如〈懷琅琊深標二釋子〉：「白雲埋大壑，陰崖
滴夜泉。應居西石室，月照山蒼然。」再如〈滁州西澗〉：「獨憐幽草
澗邊生，上有黃鸝深樹鳴。春潮帶雨晚來急，野渡無人舟自橫。」再
如〈夜望〉：「南樓夜已寂，暗鳥動林間。不見城郭事，沈沈唯四山。」
再如〈閒居寄端及重陽〉：「山明野寺曙鐘微，雪滿幽林人跡稀。閒居
寥落生高興，無事風塵獨不歸。」這些詩句頗具禪意，餘味無窮。

　　韋應物在貞元元年時（785）任江州刺史。其曰：「始罷永陽守，
復臥潯陽樓。」（〈登郡樓寄京師諸季淮南子弟〉）永陽乃滁州舊名。
〔註28〕他初來江州的心情是憂愁的，前詩末聯他又說：「徒有盈尊酒，
鎮此百端憂。」初始的想像通常是較爲可怕，然實際在江州任職時，

〔註28〕據《舊唐書・地理志・淮南道・滁州下》卷 40 所言：「武德三年，
　　　　杜伏威歸國，置滁州，又以揚州之全椒來屬。天寶元年，改爲永陽
　　　　郡。乾元元年，復爲滁州。」滁州領有清流、全椒、永陽三縣。

或許在心境上又有所不同，在江州他有〈西塞山〉〈尋簡寂觀瀑布〉
〈題鄭弘憲侍禦遺愛草堂〉〈因省風俗與從姪成緒遊山水中道先歸寄
示〉〈簡寂觀西澗瀑布下作〉〈山行積雨歸途始霽〉〈自蒲塘驛迴駕經
歷山水〉等山水詩。在來江州之前，他面對無知的恐懼，如前引詩所
言「鎮此百端憂」，而當在江州生活一段時間後，則被此地的山水所
吸引，消解了遠放江南的憂愁。所以他在這些詩中，他反覆使用山水
一詞，則能證明，試看以下諸例：

> 我尚山水行，子歸棲息地。（〈因省風俗與從姪成緒遊山水中道先
> 歸寄示〉）
>
> 聊將橫吹笛，一寫山水音。（〈簡寂觀西澗瀑布下作〉）
>
> 始霽升陽景，山水閱清晨。（〈山行積雨歸途始霽〉）
>
> 潯陽山水多，草木俱紛衍。（〈自蒲塘驛迴駕經歷山水〉）

江州山水風物對韋應物來說，正如京城山水一樣迷人，他說「性愜形
豈勞，境殊路遺緬。憶昔終南下，佳遊亦屢展。」（〈自蒲塘驛迴駕經
歷山水〉）許多江州一帶的風景，他都寫得如詩如畫，如：

> 疏鬆映嵐晚，春池含苔綠。繁華冒陽嶺，新禽響幽谷。（〈題
> 鄭弘憲侍禦遺愛草堂〉）
>
> 群峰繞盤鬱，懸泉仰特異。陰壑雲松埋，陽崖煙花媚。（〈因
> 省風俗與從姪成緒遊山水中道先歸寄示〉）
>
> 淙流絕壁散，虛煙翠澗深。叢際松風起，飄來灑塵襟。窺
> 蘿玩猿鳥，解組傲雲林。（〈簡寂觀西澗瀑布下作〉）
>
> 崎嶇緣碧澗，蒼翠踐苔蘚。高樹夾潺湲，崩石橫陰巘。野
> 杏依寒折，餘雲冒嵐淺。（〈自蒲塘驛迴駕經歷山水〉）

飽覽山水後，他則有一種滿足的感覺，如他所說「鳴驥屢驤首，歸路
自忻忻」〈山行積雨歸途始霽〉及「曠歲懷茲賞，行春始重尋」〈簡寂
觀西澗瀑布下作〉。他還有一首絕句是描寫西塞山之壯闊，〈西塞山〉
詩言：「勢從千里奔，直入江中斷。嵐橫秋塞雄，地束驚流滿。」全
唐詩中關於西塞山之作約八首，其他作者有：陶峴、劉禹錫、皮日休、

羅隱、韋莊、王周、齊己等人。劉禹錫是以懷古方式寫西塞山，他說：
「人世幾回傷往事，山形依舊枕江流。」（〈西塞山懷古〉）而齊己則
寫得較爲空靈意遠，〈過西塞山〉詩曰：「空江平野流，風島葦颼颼。
殘日銜西塞，孤帆向北洲。邊鴻渡漢口，楚樹出吳頭。終入高雲裡，
身依片石休。」總之，韋應物須有滁州和江州的任官經歷，始有江南
風物山水詩之產生也。

　　他在貞元五年至七年期間在蘇州作有〈秋夜寄丘二十二員外〉〈登
重玄寺閣〉〈與盧陟同遊永定寺北池僧齋〉〈遊靈巖寺〉〈遊開元精舍〉
等山水詩，大多數可見韋應物遊佛寺的山水詩，這部分的內容已在「江
浙地方官之山水詩創作」那節已討論過，在此則不再贅述。

　　以上從韋應物在首都和地方的遊宦經歷中，沒有因任何政事遭
貶，且在長安任鄠縣令時，辭疾居灃上善福精舍，又在任洛陽縣丞時，
罷官居同德寺，在蘇州又多遊佛寺。由此人生經歷，自可與柳宗元的
永貞革新之貶怨區分開來，亦說明了佛教安定韋應物之內心，從而有
平淡之詩風的產生。

第五節　本章小結

　　本章以詩人之遊宦經歷爲觀點切入，思索山水詩之來源何在？共
分四個部份來探析。中唐安史之亂後，江南就成了兩京以外的另一個
文化經濟政治中心，大曆時期江南地區許多文士在浙東和湖州兩地聚
會，由鮑防和顏眞卿等官員所領導，聚會自然少不了歌頌自然山水，
他們以聯句方式創作山水詩，這是一個較爲特殊現象，所以立「大曆
時期浙東和湖州文人集團之山水詩聯句」一節討論。又許多有名的政
治家兼詩人遊宦到江浙一帶擔任刺史，加以江南山川優美，故而有山
水詩產生，所以再立一節討論「江浙地方官之山水詩創作」。

　　而中唐官員在公務繁忙之餘，在郡齋之外，建築別業或到遊宿佛
寺，以尋求另一精神家園，從而有山水詩的創作。故再以「別業和佛

寺山水詩」一節討論。最後，再以韋應物爲例，提供以詩人遊宦經歷
對山水詩創作是一條必要性的研究觀點，再呼應了本章的詩人仕宦經
歷切入文本分析的方法，重新思考詩話對韋應物評論之敘述。